Yui

やはり俺の青春ラブコメはまちがっている。

My youth romantic comedy is wrong as I expected.

登場人物【character】

fourteen and a half

比企谷八幡…………主人公。春からは高三になる。性格がひねくれている。
【ひきがや－はちまん】

雪ノ下雪乃…………奉仕部部員。完璧主義者。
【ゆきのした－ゆきの】

由比ヶ浜結衣………奉仕部部員。周りの顔色を伺いがち。
【ゆいがはま－ゆい】

戸塚彩加…………テニス部。とても可愛いが男子。
【とつか－さいか】

川崎沙希…………八幡の同級生。ちょっと不良っぽい。
【かわさき－さき】

葉山隼人…………八幡の同級生。人気者。サッカー部。
【はやま－はやと】

三浦優美子…………八幡の同級生。クラスの女子の頂点に君臨する。
【みうら－ゆみこ】

海老名姫菜…………八幡の同級生。三浦グループだが腐女子。
【えびな－ひな】

一色いろは…………サッカー部マネージャーで生徒会長。春からは高二になる。
【いっしき－いろは】

雪ノ下陽乃…………雪乃の姉。大学生。
【ゆきのした－はるの】

比企谷小町…………八幡の妹。春から八幡と同じ高校に通う。
【ひきがや－こまち】

design:numata rina

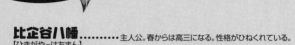

1

いつもいつでも比企谷小町はお義姉ちゃんが欲しい。

正月は冥土《めいど》の旅の一里塚、とそう歌ったのは確か一休宗純《いっきゅうそうじゅん》だったか。至言だ。実に至言。何が至言ってマジ至言。一休って名前がもう至言。休むって最高。そんな素敵なお名前、ゴダイゴだったらビューティフルネームと快哉上げていることだろう。

別に正月に限ったことでもないが、誕生日だろうが卒業だろうか、『おめでとうございます！』なんて言われるイベントごとはその大半が、歳月の経過にまつわることで、実際のところ、さしてめでたいものでもない。

とどのつまり、この世の寿《ことほ》がれるものすべて、終わりを予感させるものばかりだ。一つ歳を重ねることは、寿命へのカウントダウンそのものであり、卒業を祝うことはある種の放逐を指すといっていい。今や、アイドルグループをクビになることさえも、卒業などと言い張って綺《き》麗《れい》に虚飾で糊塗《こと》してしまう時代だ。そう考えると、もはやめでたいものなど何もなく、ハッピーでラッキーなのは俺の頭くらいのものだろう。キャハッ！　ラッキー！　今年も普通に過ごしちゃおっ！

そんな感じで今年の正月も一休宗純よろしく、慌てない慌てない、一休み一休み……と、勢い込んで寝正月を決め込もうと思っていたのだが、それでもこのボディに流れるジャパニーズのブラッドがニューイヤーのセレモニーを勝手に祝ってしまう。やだ骨の髄まで日本人だわ……。英単語知ってる割りに英語全然喋れないあたり超日本人。

結果、小町《こまち》に連れられ、初詣《はつもうで》へと参じていた。

浅間《せんげん》神社で雪ノ下《ゆきのした》や由比ヶ浜《ゆいがはま》とも合流し、おみくじやらなんやら、ひとしきり元旦っぽいことをし、途中、三浦《みうら》たちのグループとばったり会ってしまったので由比ヶ浜はそちらへ行き、小町はお守りを買い忘れたとか言って引き返し……。

残された俺と雪ノ下はそのまま帰途に就いた。

ほんの数駅、大した時間でもさしたる距離でもないのに、その一瞬一瞬がやけに鮮やかに記憶に残っている。ふとした時に袖口《そでぐち》にかかった弱々しい力や、別れ際に中途半端な高さで振られた小さな手は簡単には忘れられそうにない。

そうして、俺の正月がようやく終わった。

参拝客の人波に流されて変わっていくことも、時々遠くで叱られることもなく、今年の正月らしいことを無事終え、俺は誰もいない我が家へと戻ってきた。

両親は揃《そろ》ってどこぞへ出かけているのだろう。小町の帰りを待つ間、炬燵《こたつ》で猫を抱きながらうつらうつらと舟を漕ぐ。

これだ……、これこそ正しい正月の過ごし方だ……。

なにも新年ド頭から、女子と出くわし、胸をざわつかせる必要などないのだよ。心臓さんだって年末年始くらい休ませてあげないとネ！　休まれたら死んじゃうんだよなぁ……。

×　×　×

ことっと、硬質な音で目が覚めた。

炬燵《こたつ》でゴロゴロしているうちに、本格的に寝入っていたらしい。ぱっと身体を起こすと、はす向かいには、不機嫌そうに俺を見る小町《こまち》がいる。卓上に置かれたマグカップのうち一つを俺の方へと押しやってきた。それをありがたくいただく。

「……おお、さんきゅ。……おかえり、早かったな」

「それは小町のセリフなんだよなぁ……」

ふっと虚《むな》しそうな半笑いを浮かべると、小町はコーヒーを啜《すす》ってだらーっと炬燵に身を預けつつ、尋ねてきた。

「……それで、お兄ちゃん。どうだったの？」

「別に。普通」

何を聞かれてるのかわからんので、適当に答えると、小町はないないとぶんぶん手を振る。

「いやいや普通て。反抗期の中学生じゃないんだから」

「お、おう……。反抗期の中学生らしくないご指摘だ……」

我が妹ながら妙に達観しているというか、所帯じみているなーなどと思っていると、小町はずいっと身体を前に傾け、なにやら親戚のおばさんチックなことを言いだした。

「雪乃《ゆきの》さんと二人で帰ってきたんでしょ？　なにかなかったの？」

「一緒に帰るくらいで何かあったら逆に危険だろ……、なんのために昨今小学生が集団下校させられてると思ってんだ。危機意識が足りないぞ」

「うわ出た。そういうのいいから」

心底面倒そうにため息を吐《つ》くと、小町は俺を視界から外すように、そのままテレビの正月番組に目を向ける。

毎年さして代わり映《ば》えのしない正月番組は、元旦に入籍したカップルだの、元日に生まれたベイビーだのといった新年にふさわしいハッピーな絵面を映している。

「去年のうちに片づけておきたかったけど……、これじゃ今年も無理かなぁ……」

「なに？　大掃除の話？」

「そう、ごみいちゃんの話」

「時代はエコでリサイクルだからな、そう簡単に片づけてはいかんぞ」

適当ぶっこいて返すと、小町は「よくもそんなことを……」とどこぞの環境少女ばりに怖い呟《つぶや》きを漏らす。やだわ、そんな怖い言葉遣い……。もしかしてぐれた？

などと、戦々恐々《せんせんきょうきょう》としながら小町《こまち》を見ると、小町はひとり勝手に何か思い悩んでいた。

「あー……、でもお兄ちゃんはごみぃちゃんだからなぁ。小町がなんとか結婚まで漕ぎつけたとしても、すぐダメになって出戻られたりしたら二度手間か……」

自分の結婚のことよりまず兄の結婚を考えるって、小町のブラコンっぷりがヤバい。あるいは、妹に結婚の心配されてしまう俺の兄としての威厳がヤバい。いっそのことヤバい兄妹同士で結婚してしまうのがこの場合一番円満な気もするけど、我が国の法律的に考えてそれが一番ヤバいかもしれないので諦めるしかないかもしれない。くそっ！　法治国家め！

俺が一人革命の闘志を燃やしていると、小町は小町でなんか燃えていた。

「小町的にはお義姉《ねえ》ちゃん候補がいないわけじゃないんだけど……」

「ちょっとやめて？　ご本人に許可なく勝手にそんな私的な候補挙げるの、ぜひやめて？」

「やっぱり、お義姉ちゃん候補として小町的に強いのは……雪乃《ゆきの》さんかぁ」

聞いちゃいねぇ。こんな妄言に付き合ってたら、せっかくの正月が無為につぶれてしまう。

俺は会話を切り上げるべくテレビに身体を向けた。

が、隣からつんつん脇腹を突かれ、「お兄ちゃん、聞いてる？　小町、真剣な話してるんだけど」と言われてしまうと、兄としての本能が働いて勝手に話を聞いてあげるモードに切り替わっちゃうよね。

「雪乃さんがお義姉ちゃんだったら、お兄ちゃんは専業主夫になれるし。生涯年収的に考えて」

「さらっと生涯年収でコールド負け宣告するのやめろ。兄の将来性にもうちょっと明るい展望を持て」

「明るいよ？　でも、明るすぎて何も見えないんだよ、太陽拳だよ、何もないも同然だよ」

いつの間にか俺は天津飯から技を借りてしまっていたらしい。そうか……、そんなに見えないか……。人知れず俺が肩を落としていると、小町は逆に拳《こぶし》を高々と掲げている。

「それに雪乃さんなら、小町のことも養ってくれると思うから、お兄ちゃんの代わりに小町が家事もやってあげるよ！　やったね、お兄ちゃん！　ついに夢のニート生活だよ！」

「それもう俺いらないじゃん……。お前ら二人が結婚すればいいだけの話じゃん……。それはそれで何か捗るから、お兄ちゃんは実家でじっとしてるよ……」

そう言うと、小町はふっと優しく微笑《ほほえ》む。そして柔らかな声で言った。

「いいんだよ、お兄ちゃん。お兄ちゃんはいてくれるだけで……」

なにその慈愛に満ち溢《あふ》れた台詞……。完全にペット扱いで少しも嬉しくないじゃん……。

明日からはカマクラと一緒に猫缶を食べて、慣れておいたほうがいいかもしれない。

来るべくちゅ～る争奪終末戦争に向け、俺がカマクラと睨《にら》み合っていると、そのカマクラを小町がひょいと抱き上げる。

膝の上でごろごろいうカマクラを撫《な》でながら、小町が恐ろしいことを言った。

「まぁそれでいうと、陽乃《はるの》さんも条件としては近いよね」

「おい、こえぇよ。あの人を義姉として想定できるお前がこえぇよ」

夢見がちな俺でさえ、そんな想像は絶対しないようにしてるんですよ？　こいつ命知らずすぎるだろ……、さては緑のキノコ、99個持ってる？

小町《こまち》はずずーっとコーヒーを啜《すす》ると、なおも想像の翼をはばたかせる。

「沙希《さき》さんがお姉ちゃんだったらっていうパターンもあるよね」

「ねぇよ、引き続きねぇよ」

「でも、もれなく沙希さんの妹ちゃんがついてきます。大変可愛《かわい》いと聞きました」

小町はふふんと笑うと、川崎《かわさき》家デッキの中でも最強カードの一つ、京華《けいか》を場に伏せてターンエンド。京華と小町に面識があるかは知らんが、川なんとかさんにしろ大志《たいし》にしろ、人に伝えたくなるものなのだろう。それくらいに、京華は可愛く愛らしい。

「…………少し考えさせてくっあぶねー！　お前、それ大志もついてくんじゃねぇか。いらねぇよいらねぇ、無理無理」

しかし、俺クラスの最強デュエリストともなると、罠《トラップ》カードの存在にも敏感だ。すんでのところで回避に成功した。川なんとかさん個人がどうこうということではなく、俺は兄として、小町に大志を近づけるわけにはいかんのだ。

しかし、京華の存在が俺を揺るがせたのを見てとったか、小町はふむんと腕組みすると、次の手札を切ってくる。

「なるほど……。お兄ちゃんは年下との相性は悪くないもんね……。あ、じゃあ、留美《るみ》ちゃんとかどう？」

「るみるみは、ほら、俺のアイドルだから……。そういう対象というより、一緒にアツいアイドル活動したいというか……。純粋に応援したくなる」

「うーん、真顔気持ち悪い……。言い方がガチっぽくて本気で引く……」

誠心誠意《せいしんせいい》、真心こめて真摯《しんし》に説明したつもりだったが、小町はドン引きしていた。だが、やがて諦めがついたのか、深いため息を吐《つ》く。

「年下もダメか……、じゃあ、方向性を変えて……、平塚《ひらつか》先生、とか？」

言った瞬間、俺たちの間に流れる空気が、すっと冷たくなるのを感じた。

それまでのお遊びめいたやりとりと打って変わり、なにやら現実的な責任を想起せざるを得なかった。というか、軽々にいじってはいけない『圧』のようなものがあった。それは小町もひしひしと感じていたのだろう。悲しげな顔でそっと俯《うつむ》く。

「ごめん。小町、なんかあんまり触れちゃいけないところに触れちゃったかも……」

「あぁ。なかったことにしよう。きっと平塚先生ならいつか幸せを摑《つか》んでくれる。知らんけど」

俺は遠い目をして祈った。早く……！　早く誰か貰ってあげて！　急いで！　じゃないと、一つ間違えると俺が貰っちゃう可能性があるから！

しばし、無言のリビングにテレビの音が虚《むな》しく響く。俺たちは、コーヒーをずーっと啜《すす》って、同時にため息を吐《つ》いた。

しばらくテレビに目を向けていると、不意に小町《こまち》が口を開く。

「ま、小町はお兄ちゃんが幸せならそれでいいんだけどね。あ、今の小町的にポイント高い」

その微笑《ほほえ》みに、俺は軽く顎《あご》を引き、声にならない返事をした。

2 それでも、比企谷小町はお義姉ちゃんを諦めない。

未《いま》だ季節は冬の最中。

新しくなったばかりの暦《こよみ》はようやく一日分を刻んだだけだ。

初詣《はつもうで》に行った翌日に、そこで由比ヶ浜《ゆいがはま》と交わした、雪ノ下《ゆきのした》の誕生日プレゼントを買いに行くという約束を終えて、俺はひとり家路を急ぐ。

吐く息が常よりもなお白く見えたのは、それだけ重く、深かったからかもしれない。

寒空の下、せわしなく動く足とは裏腹に、ゆっくりと息を吐き出す。

それはただ一息に過ぎないはずが、紫煙と見まがうばかりにふわりと棚引き、ほんの一瞬揺蕩《たゆた》い、風に消えていく。

その刹那、傾いた夕差しに赤く染まり、ついでちらつくネオンの青に色づき、やがて闇に溶けゆく様は、まさしく今日一日分のため息がそこに凝縮されているようだった。

例えば由比ヶ浜と過ごした買い物の時間やたわいない会話、ふと近づいた距離感は夕映《ば》えの色によく似ている。かと思えば、陽乃《はるの》さんや葉山《はやま》と出くわしてしまったときは妙な緊張感があって暮れなずむ藍色の空に例えられよう。その後、雪ノ下とその母親がやってきたときに感じたのは夜闇《やあん》だ。

帳《とばり》の降りた遥か彼方《かなた》、一条の光を探すように、俺は空を見上げた。

見つめる先に何があるとも知れないが、それでも足が止まることはなく、ただ行くべきところに、帰るべき場所に、帰結するべき答えへと、わずかなりとも進んでいた。

俺は、俺たちは、そうしてこの一年を歩み、また新たな一年を始めている。

それを思えば、まだ年が明けて間もないが、俺にしては上々な出来だ。

なんにせよ、由比ヶ浜と買い物を済ませることができたし、雪ノ下にプレゼントを無事渡せた。ミッションコンプリートと言っていい。コンプリートすぎて石とかもらえるレベル。あまりにも完璧にミッションコンプリートしたので、『やりましたね、先輩』と後輩が声をかけてきてもおかしくない。いいよね、そういう後輩……。

うちの後輩は『じゃあ、その石でガチャまわしちゃいますか。なんと今なら！　出るまで引けば☆5確定ですよ！』とか平気で言いだすタイプなんだよなぁ……。

×　×　×

新年らしい一家の団欒を終えた夜分、リビングには俺と小町《こまち》とカマクラだけが残っていた。

炬燵《こたつ》で小町が淹れてくれた食後のコーヒーを飲みつつ、さて福袋ガチャに臨もうかとしていると、カマクラをなでなでしていた小町《こまち》がこほんと咳払《せきばら》いする。

「……それで、お兄ちゃん。どうだったの？」

小町が聞かんとしていることはわかる。今日の買い物も、小町は途中までついてきているのだ。そしておそらくはいらん気を遣って途中でドロンしたわけで……。

つまりは、それからどうしたのかという話を聞きたがっているのだろう。昨日の初詣《はつもうで》の帰り道と同じパターンだ。

であれば、俺の答えもまた同じパターンになるのは自明の理。

「別に。普通」

そう言うと、小町は「はぁぁあ〜〜〜〜」と大きな大きなため息を吐《つ》く。

「いい？　お兄ちゃん。結衣《ゆい》さんは小町的お義姉《ねえ》ちゃん候補リストのなかでも、トップクラスのお義姉ちゃんなんだよ⁉　今どき、あんなに姉力高い人そうそういないんだからね？」

「いや、だからやめろ。ご本人の意思をまるっきり無視したお義姉ちゃん候補リスト、やめろ。即刻破棄しろ。桜を見る会の招待リスト見習え」

などと社会風刺を取り入れることで、積極的に政治への関心があることをアピールし、次期千葉県知事を目指すどうも俺です。この千葉を、よりよいものにしたい……。

だが、小町は未《いま》だ県政についての関心が薄いのか、俺の知事選マニュフェストを聞くこともなく、勝手に話を進めていた。

「結衣さんがお義姉ちゃんだったら、それはそれはお兄ちゃんにとってもいいお嫁さんになってくれるって、小町は思うんだよ」

「それは違うぞ。由比ヶ浜《ゆいがはま》は誰と結婚しても、いいお嫁さんになるに決まってる。相手を俺に限定して語る必要性はない。よって、現在設定されてる条件下での提案は討論するに値しない。はい論破」

すかさず、異議あり！　と手を挙げ、ドヤ顔で言ってのけると、小町はかなり本気の嫌そうな顔をしていた。

「わぁうざい……。そういうとこだよ？」

さすがに、ガチめのトーンで言われると、俺も「はい……」と俯《うつむ》き、おとなしくするほかない。俺が反省する姿を満足げに見ると、小町は気を取り直して、話の続きを始めた。

「えーっと、じゃあ、続いて第二選択希望選手……」

「ええ……、そのドラフト会議まだ続くの？」

俺が半ば以上引き気味に言うと、小町は逆にむんと胸を張る。

「もちろん！　小町にはまだまだ手札がたくさんあるんだよ！」

「ちょっと？　デュエル感覚で俺の結婚語るのやめてくんない？　お兄ちゃんを墓場に送ってもお義姉ちゃんは召喚できません。嫁の召喚コスト超高いし、なんなら即離婚もあるぞ」

こっちはこっちで、『離婚』、『財産分与』、『慰謝料』の三枚のカードを場に伏せて、ターンエンドです。あとは罠《トラップ》カード『性格の不一致』が発動すれば、離婚出戻りコンボの完成だ。

しかし、そのコンボを無視して、小町《こまち》は見えない箱を置くジェスチャーをし、話を続ける。

「うん、まぁそれはさておき。……あ、じゃあここは意表を突いて三浦《みうら》さんとかは？」

「意表突きすぎだろ……。ねぇよ。マジでない。ありえない。三浦だろ？　ない。マジでない。小町、冗談とはいえもう少し真剣に考えろ。仮にも兄の将来がかかってるんだぞ」

「いや、お兄ちゃん流石《さすが》に拒否りすぎでしょ……。なんか、逆に三浦さんのことがすごい好きな人みたいになっちゃってるよ……」

まぁ、あれはあれで割りと好きだが……いい人だし……などと冗談でも言おうものなら、小町が食いついてしまうので、俺はげふげふ咳払《せきばら》いする。

「まぁ、俺云々《うんぬん》より前に、向こうがめっちゃ俺のこと嫌いだからな」

「うん、大体の人はお兄ちゃんのこと嫌いだと思うから、そこは置いといて……」

「ちょっと？　いやもう自覚してるからいいけど」

小町は聞き捨てないことをサラッと言って、見えない箱を置くようなジェスチャーをする。そのままさて置かれてしまったら、見えない箱がどんどん積み上がってしまいそうだ。

「三浦さんはいいお母さんになってくれそうな気するけどねー」

「うん、そうね。で、子供の襟足《えりあし》すごい伸ばしそうね。小五くらいで勝手に髪とか染めて、学校とひと悶着起こしそうね」

「あー……、結婚前はドンキによくいて、家族出来てからはイオンにいる感じの……」

「いや、それはどちらかという川崎《かわさき》の方だな。三浦はもうちょっとおしゃれ方向で普段はアウトレットモール行って年一で伊勢丹とか行く感じだ」

「違いがわからない……。じゃあ、次の候補にするよ」

はぁと小町はため息ひとつ吐《つ》いて、話を流すと、自分のコーヒーをずずーっと啜《すす》り、はたと思いついたように言った。

「あ、じゃあ、海老名《えびな》さんとか？」

意外な名前を挙げられて、俺はふと考えこんでしまった。

「あー……。お互い興味ゼロだからなぁ。没交渉で、それぞれ生活に干渉しないなら、なくはないかもしれない。家庭生活を営まないこと前提で、社会生活上の利点が合えば契約自体はできる気がするな」

俺が言うと、小町はうぇぇと苦そうな顔をした。

「言い方が新時代の夫婦像すぎる……。ちなみに利点ってどんな？」

「結婚してるとローン組みやすいらしいぞ。あと扶養控除とかに代表される税金圧縮だな。ついでに独身への風当たり強いから、その風よけに使える」

聞きかじった知識を披露していると、あっけにとられていた小町の表情がだんだんと悲しげなものへ、そして哀れなものを見るような目へと変わっていく。

「………お兄ちゃんの結婚観、ぶっ壊れすぎでは？」

「いや、あくまで一例だから……。そういう進歩的な考え方もできるよって話ね？」

俺はこう見えて未来の千葉県知事を目指す男。旧来の夫婦像はもちろんのこと、革新的な在り方にも理解を示していかねばならない。

先ほど語り損ねた俺の知事選マニュフェストの一端を口にすると、小町《こまち》はふむんと何事か考え始めた。そして、こくりと何か納得して頷《うなず》く。

「なるほど……。まぁ、最悪、結婚相手が葉山《はやま》さんになったりしても、小町は理解を示します」

「ねぇよ、ねぇ。葉山がねぇ。性別云々《うんぬん》以前にあいつ個人の性格に由来する理由でねぇ」

秒で答えていた。だが、それでも寛容さへの配慮は忘れていない。最強宝具ポリコレ棒でぶん殴られないように、あくまで俺と葉山の相性が悪いという理由で俺は否定した。

すると、小町もそこは理解したのか、次なる候補の名前を挙げる。

「あ、じゃあじゃあ、たとえば戸……」

「好き」

秒で答えていた。もはや理屈ではない。千葉県知事と言わず、一気に国政に打って出て、法を改正する勢いだ。だが、あまりに勢いづいていたのか、小町が圧倒されていた。

「早い、早いよお兄ちゃん。まだ全部言ってないよ……。戸部《とべ》さんって言おうとしたのに……」

「あ、そうなの……。ていうか戸部って誰」

言うと、小町はまたぞろ深いため息を吐《つ》いた。ゆっくりと吐き出された息は、暖かい室内で白く色づくようなことはなかったが、それでもいくつもの色が見えるようだった。

やがて、ふっと呆《あき》れにも似た笑いを浮かべる。

「まぁ、お兄ちゃんが幸せなら、小町はなんでもいいんだけどね」

「じゃあ、まずは小町を幸せにしないとな。それが俺の幸せだし。今の八幡《はちまん》的にポイント高い」

妹のお株を奪って俺が言うと、小町はきょとんとする。が、それも一瞬のこと。すぐに呆れたようにふっと微笑《ほほえ》んだ。

「まだまだ先は長そうだなぁ……」

諦めたようにしみじみ言うと、小町はマグカップを手に、よっと炬燵《こたつ》から立ち上がってキッチンへと向かった。

その後ろ姿を見送り、しみじみと思う。

未来のお義姉《ねえ》ちゃんには悪いが、もう少し、俺だけの妹を独占させていただきたいものだ。

×　×　×

キッチンでお湯が沸くのを待つ間、炬燵でカー君に弄《もてあそ》ばれている兄をじっと見ていました。

いろいろ言ってはみたものの、小町的には実はそこまで深く心配をしているわけではないのです。十五年ずっと近くで見ていれば、こんなだいぶアレなクズでも、それなりにいいところもそこそこ見つかるもので、もしかしたら奇特な方がそれに気づいたりするんじゃないかなと、思ったりするわけで。

上から兄を引っ張り上げてくれる人、下から兄を押し上げてくれる人……。あるいはまた別の関わり方……。

どんな形かはわかりませんが、そうやって一緒に手を取り合ってくれる人がきっといると、小町《こまち》は予感しています。

その日まで、小町はお義姉《ねえ》ちゃん（仮）を探し続けるのです。

3

そして、祭りは終わり、また新しい祭りが始まる。

フェス。

と、聞けば何を想像するだろうか。

一般的な解釈をするのであれば、フェスとはすなわちロック・フェスティバルのことであり、パリピ陽キャなウェイの者が集い、夜通しどころか下手《へた》すれば数日かけて盛り上がる音楽の祭典を指す言葉だ。

アルコール片手にヘドバン、モッシュ、ダイブをかまし、肩を組んだり騎馬戦したり、あるいはモテ期の森山《もりやま》未來《みらい》ばりに神輿《みこし》に乗ってわっしょいわっしょいし、見知らぬ者たちであっても音楽ひとつで繋《つな》がり、盛り上がって、けして忘れ得ぬ体験を共有する……。それがフェスのイメージだろう。

俺個人が抱くイメージもそんな感じだ。ある程度のバイアスがかかり、また偏見に満ちていることは認めよう。

しかし、俺が抱いているイメージは必ずしも悪印象だというわけではない。

音楽をきっかけに皆が一丸となって盛り上がるのは、むしろ、正しい楽しみ方の一つであり、またフェスの存在意義の一側面であると言えよう。

フェスティバルとはつまるところ、祭りだ。ハレの場だ。

昔の人は言いました。

千葉の名物、祭りと踊り。踊る阿呆《あほう》に見る阿呆、同じ阿呆なら踊らにゃシンガッソーン。

至言。実に至言だ。至言すぎて、めぐめぐめぐりんめぐりっしゅ☆されてしまう。

よって、俺はその楽しみ方を否定しない。

古今の歴史を繙《ひもと》けば、祭りはある種の無礼講であり、寛容さが発露される場でもある。古代はさておくにしても、中世以降においては神事としての祭礼を終えたのちの宴席では身分の上下を問わず、皆等しく吐くまで飲んだという。……待って？　全然寛容じゃなくない？　今ならアルハラ呼ばわりでコンプラ一発アウトの所業だ。

しかるに、現代的なフェスにおいては、新たな尺度の寛容さが求められてしかるべきだろう。

それすなわち、楽しみ方は人それぞれ、という寛容さである。

大勢で盛り上がることが楽しい者もいれば、ひっそりと音を浴びるのを好む者だっている。

故に、フェス会場にて一人静かに、声もなく、心の内で沸き立つような震《ふる》えを感じる楽しみ方も肯定されるべきものだ。

無論、そうした種々様々多岐にわたる個々人の楽しみ方への肯定は、なにもフェスに限ったものではなく、およそすべてのコンテンツ——映画、音楽、アニメ、小説、漫画、舞台演劇、ミュージカル、ミュークルドリーミーその他諸々にも同様のことが言える。

だが、中でもフェスこそは抜きんでて、その肯定をされるべき存在なのではなかろうか。コンテンツに貴賤なく、その種類によって優劣をつけることは甚だ愚かしい行為ではあるが、あえてフェスを他のコンテンツと区別するのであれば、その刹那的な唯一性において、他と一線を画すと言わざるを得ない。

映画にしろ、アニメにしろ、ソフト化されうるそれらのコンテンツにはある種の再現性がある。同じものを観ようと思えば何度でも観られるのは大きなメリットだが、原初体験、初期衝動までもが再現されるわけではない。

もちろん、フェスやらライブやらをソフト化することはできるし、それらソフト化されたコンテンツも二回目以降はまた違った楽しみ方ができるという論説には大いに頷《うなず》かざるを得ない。同じ映画でも何度も観に行き、何プペしたか、その回数を誇り、コミュニティ内でマウントを取るという楽しみ方も当然あるだろう。

だが、初めてその作品に触れるその瞬間、未《いま》だ知らぬ世界に触れたそのときにしか感じ得ぬ圧倒的な衝撃は何物にも代えがたい体験であることもまた疑うべくもないことである。

その一期一会とも呼ぶべき唯一性において、フェスは最高の体験となる。

一生に一度、会場のオーディエンスと壇上のパフォーマーとが生み出す、ただその瞬間にしか味わえない熱気、雰囲気。

それを友人たちと共有する喜びは理解できるし、賛意を送ることを惜しみはしない。だが、あえてその場に一人で参戦し、己の内で噛《か》み締める尊さもまた素晴らしいものだ。

つまるところ、フェスへ参戦する際には、各々が思う最高の楽しみ方でもって臨むべきなのである。

個人的な意見を言えば、ぼっち参戦で誰に邪魔されることもなく、思うさま、声を張り上げ、ペンラを振り、帰り道でエモエモになってポエム風ライブレポをしたためるあの瞬間もフェスの醍醐味だと思うことしきり。

フェスに一人で参戦してもいい。自由とはそういうことだ。

隣ご近所皆様お誘い合わせの上、馳《は》せ参じるもよし。誰と示し合わせるでもなく、ひとり推して参るもよし。

他人様に迷惑をかけない限りはどんな楽しみ方をしても許される。

ということは、つまり。

妹と二人で参戦するフェスもまた、許されているということだ。

×　×　×

また新たな春がやってきた。

無茶無理無謀な合同プロムを口八丁手八丁舌先三寸どうにかこうにか乗り切って、ようやく迎えた春休み。

そして、もう間もなく新学期がやってきてしまう。

残り少ない休みを少しでも有効に活用しようと、孟浩然《もうこうねん》よろしく全力で惰眠《だみん》を貪《むさぼ》るぞ！　と意気込んでいたのだが、その願いも虚《むな》しく、俺は朝から小町《こまち》に連れ出されていた。

「お兄ちゃん、早く早く！　フェス始まっちゃうよ！」

「はいはい……」

小町にぐいぐいぶりぶり背中を押されながら、俺たちは駅から続く道をそぞろ歩く。

向かう先は、とある音楽フェスだ。そのおかげか、今日の小町は黒の革ジャケットに着崩したTシャツ、ダメージジーンズにブーツとパンクガールな装《よそお》いで気合いが入っている。

どうでもいいことだが、昔から「千葉の名物、祭りと踊り」とそう言われるように、千葉は有名な音楽フェスがいくつも開催されるいわばフェスのメッカだ。これから参戦するのもそうしたフェスの一つらしい。

俺は付き添いでしかないので詳細はよく知らないが、小町の話によると大層盛り上がるものなのだそうだ。

その言を証明するように、会場へ向かう道々では、未《いま》だ開演前だというのにウェイで陽キャなパリピ然とした人々が早くもブチあがっている。

なるほど、これは俺が付き添って正解だったようだな……。

フェスには純粋に音楽を楽しむファンのみならず、中にはナンパ目的で参加する不埒者もいると風の噂《うわさ》で聞いたことがある。

そこへ小町のようなうら若き美少女が単身飛び込んでしまえば、会場周辺をうろうろしている観客たちに『ウェーイ！　君可愛《かわい》いね？　学生？　年いくつ？　どこ住み？　てかＬＩＮＥやってる？』などと脈絡もなく声をかけられ、あれよあれよという勢いでナンパされてしまう。なんならその後、『夢ってある？　印税的収入って知ってる？　今度、バーベキューあるんだけど来ない？』などと続けて速やかにマルチ商法の勧誘をされるまである。

小町が変なオンラインサロンにはまったりしたら大変！　急にうつろな目をして、昔の同級生に片っ端から連絡したりしないように、しっかり守らなきゃ！

使命感に燃えながら、会場へ続く道をゆるゆる進む。

開演まではまだ結構な時間があるが、観客たちは続々とやってきており、ライブＴシャツやユニフォームに身を包んだ一団がそこかしこに目立つようになってきている。

いかにもフェスといった感じだが、千葉、とりわけ幕張近辺ではよく見られる光景だ。幕張は大型イベントホールに野球場、さらには砂浜があり、イベントごとに適した立地なのである。

また今日も幕張メッセという名前に騙《だま》されて幕張駅で降りた人がいるんだろうなぁ……。

海浜幕張駅で降りるか、幕張本郷駅からバスで行かないといけないのに……。

なんて、思いながらてくてく歩いているうちに、会場へと行きついた。

時刻は開場時間をいくらか過ぎた頃合いで、入り口付近は人でごった返している。きっとこの中には幕張駅で絶望を味わった人もいるに違いない……。

この手のライブは開場直後が一番混み合うものと相場は決まっている。

しかし、こう見えて俺もなかなかのライブ通。俺クラスともなると、開演が五分押しになることを見越して場内に入り、その結果オープニングアクトをばっちり見逃すことも稀によくある。あっちゃダメなんだよなぁ……。ダメなタイプの邪悪なオタク、インカムを聞くスタッフの表情で進行状況を深読みしがちだよね。

だが、この人出を見るに、会場内はさらなる混雑が予想される。人混みに流されながら長々と開演を待つのは正直遠慮したいところだ。

俺一人であればマッ缶の一本でも飲んでからのんびり行くところなのだが、今回はあくまで小町《こまち》の付き添いで来ている。ここは当人の意志を確認するべきだろう。

……さて、どうする？　帰る？　と小町を見やれば、小町は俺の肩をぽんぽん叩《たた》いて急《せ》かしてきた。

「お兄ちゃん、早く早く！　行こう行こう！」

だいぶ前のめりなご様子の小町ちゃん。

うーん、でもね？　お兄ちゃん、今日は音を浴びに来てるからさ……。割りと後方にいたい気分なんだよね……。オルスタだから、前方にいると後ろの厄介《やっかい》が前ステ決めてくるじゃん？　あれに巻き込まれるのはちょっと……。

などと無駄に慣れてる感を出してやんわり誘導しようとも思ったのだが、小町《こまち》のキラキラお目々を見てしまうと、野暮なことは言い出せない。

「でも、あれじゃない？　開演までまだじゃない？　もうちょっと時間ない？」

結果、なんとももやっとした言い方になってしまった。

すると小町はぷくっとふくれっ面《つら》を作り、のんのんと指を振る。

「何言ってるの。家に帰るまでがフェスなんだよ？　ってことは、……家を出たその時からもうフェスは始まってるんだよ！」

そして、むんと胸を張り、握り拳《こぶし》をぐっと掲げて、ばばーんと言ってのけた。その勢いに俺も思わず納得してしまう。

「そ、そうか。そうだな！　そうだった！　……そうか？」

そうか？　ほんとか？　つい頷《うなず》いちゃったけど、「勝つまでやれば負けない！」みたいな結構な暴論聞かされた気がするぞ？　しかし、小町は兄の怪訝《けげん》な顔もなんのその、さらにぐいっと力強く勢い任せに押し切る体勢に入った。

「そうなんだよ！　いいから行こう行こう！　じゃないと、開演前の影ナレ聞き逃しちゃうよ！」

「お、おう……。よし、じゃ行くか……」

ははぁん、こいつさては差しが得意なタイプのウマ娘だな？　最後、めっちゃ押し切られてしまった。うんまぁ影ナレとか影アナとかライブ始まる前の空気感を味わえるのも現場ならではのものだしな。さすが、うちの妹は目の付け所がシャープだね。

「れっつごー！」

そんなかけ声とともにとてとて走って行ってはこちらを振り返る小町を、俺も小走りに追いかけた。

×　×　×

潜り込んだ会場内はざわめきに満ちていた。

期待感を込めた囁《ささや》き声や、あるいははしゃいだ騒ぎ声、さらには羽目を外した叫び声が聞こえてくる。

照明が落とされた暗がりの中でも、熱気が立ち込めているのがわかる。

もうまもなく開演とあって、会場のボルテージは最高潮。大型スクリーンに映し出される参加アーティストのＰＶにさえ、コールが飛び、ペンラが揺れる。

前方は参加アーティストやアイドルちゃんの濃いファンで占められており、自然俺たちは後方に陣取った。

しかし、後方だからこそ会場全体の盛り上がりがよく見える。オールスタンディングの観客たちに囲まれていると、さして興味がない俺でさえわくわくしてきた。

やがて、会場内のBGMがゆっくりとフェードアウトし、スクリーンの映像も消えていく。それに反比例するように、期待に満ちたどよめきの声は大きくなる。

そろそろ始まるのだ。

となれば、その前に諸注意があるのはライブのお約束。ライブによっては、社長や事務員がプロデューサーに向けてアナウンスしてくれたりとそのコンテンツならではの趣向が凝らされていたりするものだ。

さて、このフェスではどんな諸注意があるのかしらんと、影ナレに耳をそばだてる。

すると、後方からざわめきに混じって、なにやら聞き覚えのある声がした。

「ここが今日のフェスの会場ね……」

「急がないと始まっちゃうよ！」

「ですね！　急ぎましょう！」

ふむと納得したようにやけに冷静な声がしたかと思えば、それを急《せ》かすような元気のよい声、そしてあざとくも可愛《かわい》らしい声が続く。

が、それを冷静な声が制した。

「ちょっと待ちなさい。会場内を走らないで。それと……これから諸注意をするからよく聞いて」

「はーい！」

「いや、めちゃめちゃやる気だなこの人……」

元気なお返事とドン引きした感想が漏れ聞こえ、さらに軽い咳払《せきばら》いの後に、冷静な声音《こわね》が淡々と続けた。

「上演中は携帯電話をマナーモードにするか電源を切ること。また写真・ビデオ撮影および録音は禁止よ。これらの行為を行った際、スタッフの注意をお聞きいただけない場合は、退場・イベントの中止となりますのでご協力をお願いいたします。またイベントの模様を撮影収録しておりますので、あらかじめご了承ください。……というわけだけれど、みんな、わかった？」

「はーい！　ルールを守って、楽しくフェス！」

めっちゃ長いこと諸注意めいたことを口にする冷静な声音。明るい声はいいお返事をしてはいるが、そこはかとなくわかっていない感が漂っている。ついでに、呆《あき》れた感じのため息がひっそりと漏らされていた。

もしや知り合いでは？　と思ってしまう程度にはこの声とやり取りに心当たりがある。ちらと半身で振り返ってみたものの、人混みに阻《はば》まれて今一つその姿は見えない。

だが、群衆の中でも、そのあざと可愛《かわい》い声や明るく可愛い笑い声、落ち着いた綺麗《きれい》な声音《こわね》はいやに耳に届いてきた。

「……それじゃ、盛り上がっていきますか！」

「おー！」

「……あ、そろそろ始まるわね」

なんて声につられて、前を見やればステージ上にはスモークが焚かれ、スポットライトが跳ね回っていた。

ついに、祭りが始まる……。

×　×　×

ド頭からビッグアーティストが続き、フェスは大盛り上がりだった。

ヘッドライナーの登場はまだ先だというのに、客席の熱狂ぶりは凄まじく、それにあてられ、気づけば俺も声を上げて腕を突き出し、タオルをぶん回していた。小町《こまち》も飛んだり跳ねたりと大忙しで、あっと言う間に時間が過ぎてゆく。

しかし、流石《さすが》にこれだけの人混みのなかに長時間いるというのもかなり疲れるもので、小町のご提案に従って、お手洗いがてらちょっとばかし小休憩を挟むことにした。

「はぁ〜、楽しい……」

しみじみ呟《つぶや》く小町の声音には満足感と心地よい疲労感が滲《にじ》んでいる。それに俺もうんうん頷《うなず》きながら、フロアを後にする。

結構な長丁場であるフェスではちょっとした屋台やドリンクを提供してくれる休憩スペースも併設されているらしい。

未《いま》だ耳の奥でうわんうわんと反響するような感覚と、腹の底に響く重低音とにふらつきながら、その休憩スペースへと向かう。

すると、そこには俺たちと同じように、後半戦へ向けて英気を養っている人たちが大勢いた。大規模なフェスだけあって、フロア外も人でごった返している。

その人波をかき分けて、壁際すみっこでふぅと息を吐く。

と、不意に背後から聞き覚えのある声がした。

「は〜、やっぱフェス楽しいね〜！　めっちゃ盛り上がってる！」

「ですね！　でも、盛り上がりすぎなんで、一旦休憩挟まないとですね……」

「え、ええ……。はぁ……」

女友達三人でフェス参戦、といったところだろうか。

こういった場に不慣れな子も混ざっているのか、やたら疲労感のあるため息と、それを心配する声も若干ながら聞こえてくる。

「あー、ゆきのん、だいぶお疲れ……」

微苦笑交じりの気遣わしげな声がなじみ深い固有名詞を口にした。俺が知ってるゆきのんといえばうちの高校の雪ノ下雪乃《ゆきのしたゆきの》とトレセン学園のユキノビジンしかいない。

思わず振り返って声のするほうをまじまじと見た。

「あー！　結衣《ゆい》さん、雪乃さん！」

と、小町《こまち》のほうも気づいたらしい。はきはきと小町が声をかけると、向こうから元気な声が返ってきた。

「小町ちゃん、やっはろー！　と、ヒッキーもやっはろー！」

「あら、比企谷《ひきがや》くん」

いかにもフェスにいそうな奴と、いかにもフェスにいなさそうな奴。つまり、元気いっぱいに手を振ってくる由比ヶ浜《ゆいがはま》結衣と、若干青い顔して小さく呟《つぶや》く雪ノ下雪乃。そして、その脇には一色《いっしき》いろはもいる。

三人とも、フェスということで服装を合わせてきたのか、オーバーサイズのTシャツを緩《ゆる》めに着て、上には黒い革のライダース、下はダメージジーンズ、さらにハイカットのショートブーツとだいぶパンキッシュな出で立ちだ。

普段は清楚でガーリーな印象の強い雪ノ下も、ポップでラフめな服装の多い由比ヶ浜も、ゆるふわで甘めキュートな一色も、今日はまた違った魅力がある。

「おー……」

　こんなところで奇遇じゃんと驚き半分、開演前の声はやっぱりこの子たちかと納得半分で頷《うなず》きを返す。

「あ、先輩」

　それに一色も軽い会釈《えしゃく》を返し、そして俺の隣の小町へ怪訝《けげん》そうな視線を向けた。

「……と、お米ちゃん」

「んー……、微妙なあだ名が定着しつつある……。小町です！　小町の名前は小町です！」

　ひどく胡乱《うろん》な呼び方に小町は苦り切った顔をしていたが、すぐにぴょんこぴょんこ跳ねて改めて自分の名を名乗る。

　その小町の頭を押さえるようにぽんぽん叩《たた》いて、一色がにっこり笑った。

「まぁまぁいいじゃないですか、可愛《かわい》いニックネームってやつ？　後輩キャラはちょっと侮られてるくらいの方がいろいろお得だし☆」

「うわー、ほんとにすごい性格だな、この人……」

　ドン引きする小町に、なぜか一色もドン引きの表情をする。

「ていうか、先輩が言ってたんですけどね」

「うわー、めっちゃ言いそう……」

　そして、二人して俺に軽蔑《けいべつ》の眼差《まなざ》しを向けてきた。言ってない……。そんなことは言ってない……。濡れ衣を重ね着させられてしまった……。

しかし、二人が打ち解けるためだ。甘んじて受け入れよう。

一色《いっしき》と小町《こまち》は合同プロムで一度顔を合わせたことがある程度で、まだ知り合って日が浅い。そんな二人が打ち解けるためには、共通の知人をダシにするのが一番早かろう。陰口叩《たた》いて、共犯意識を持つのが仲良くなる秘訣だよね！

まぁ、小町のことだから、その辺は如才なく上手くやることだろう。

我が妹ながら、小町のコミュ力はたいしたもので、初対面でも、年上年下であっても、フランクに、なにくれとなく話しかけることができるのだ。いつだかの夏休みに千葉村へ行ったときは周りが全員年上でもしっかりコミュニケーションを取っていたし、また川なんとかさんの妹、川崎京華《かわさきけいか》とも仲良くおしゃべりしていた。分け隔てなく、誰に対しても距離を詰めていけるあたり、さすが世界の妹と言わざるを得ない。

今も小町は俺をすっ飛ばして、由比ヶ浜《ゆいがはま》たちと話し込んでいた。

「小町ちゃんも合流できてよかった～」

「いえいえ、小町も声かけてもらってよかったです！」

由比ヶ浜がわーっと手を振って笑いかけると、小町もぱちんと手を打って、きゃっきゃと笑いさざめく。

ほーん。なるほど、なんかこんなデカ箱フェスで偶然バッティングするとか不気味な偶然だなとか思ってたが、この二人の口ぶり的にどうやら普通に決め打ちだったらしい。言われてみれば、休憩がてら外行こうよと言い出したのは小町だったたし、そっちは口実でむしろこうして集合するのが目的だったのか……と納得するところだが、ちょっと待って欲しい。

「え、俺誘われてない」

なんで？　なんでヒッキーを飛ばして小町が誘われてるのん？

尋ねる俺に由比ヶ浜は若干おずおずといった調子で答えた。

「ヒッキーに言ったら断るから……」

「まぁ、そうだが……」

仮に声をかけられたら、とりあえず今必殺の『行けたら行く』を発動するに決まっている。それに、誘われたときは行く気があっても、予定日が近づくにつれ、徐々に億劫《おっくう》になるというクズにありがちな思考を持っているのが俺という人間だ。前もって予定を決められちゃうと、なんかめんどくなるあの現象なんなんだろうね？

しかし、そんな俺の気性を完璧に理解しているのが妹の小町だ。

「だから小町にお声がけいただいたのです」

ふふんとドヤ顔ダブルピースで小町が言った。さすがなんだよなぁ……。妹のお願いという形で当日いきなり押し切れば大抵のことは断れない俺の特性をよく把握してらっしゃる。いや、もはや小町のみならず、由比ヶ浜もよくわかっているのだろう。だからこそ、小町を経由するという方法を取ったわけで。

やだ、なんか恥ずかしい……。マジで俺の生態が理解されすぎてるの微妙だろ。まんまと釣り出されてるこの状況が若干恥ずかしいだろ。

それを誤魔化すように俺はげふんげふんと咳払《せきばら》い。他へ水を向けることにした。

「え、でもそれ言ったら雪ノ下《ゆきのした》もじゃない？　こういうとこ来なさそうだけど……」

見れば、その言を裏付けるようにげっそりしている雪ノ下は、このフェスにおいては浮いた上品さを醸し出している。と、同時に、異彩を放つその姿は、そっくりそのまま不慣れです感も醸し出していた。

雪ノ下はふっと力なく笑うと、額にそっと手を当て俯《うつむ》いた。

「そ、そうね。私も初めて来たけれど……、フェス、やばいわね、え、待って、無理、しんどい……」

「雪乃《ゆきの》さん！　ライブ見た後のオタクのツイッターみたいになってますよ！」

勢いよく小町《こまち》がツッコむが、確かに。『待って無理しんどい、五悠もう付き合ってるでしょコレ……』ってアニメリアタイしながら呟《つぶや》いてる限界女オタクさんみたくなってる。

「とにかく、疲れたわ……」

疲労の色濃さを表すように、雪ノ下は深くため息を吐《つ》く。

まぁ、ただでさえ体力がないのだ。慣れないフェス会場ではなおさらだろう。いきなりあの会場の熱気に当てられれば無理もない。人混みの中なんて、意外に立ってるだけでもしんどいものだ。テンション上がった観客たちで押し合いへし合いするのは、満員電車なんかに通ずるしんどさがある。

「大丈夫か、なんか飲み物とか……」

一応尋ねてみた俺の声を一色《いっしき》が遮《さえぎ》る。

「あ、それなら大丈夫です。そろそろ届くので」

「届く？」

なにが？　なにその主語が省かれまくった言い回し？　もしかしてウーバー的ななにかとか
頼んでるのかしらん？　最近はなにかと便利だなぁ……。

などと、思っていると、遠く休憩スペースの端から見覚えのある奴がえっちらおっちらやっ
てきた。

「っべー。売店めっちゃ混んでたわ～。ドリンク全然買えなくて？　フェス、パないわー」

見れば両手にドリンクを抱えた戸部《とべ》がドヤ顔でどやどややってきている。

「って、あんれー？　ヒキタニくんじゃん！」

そして、俺に気づくと両手のドリンクを掲げて、ウェーイと駆け寄ってくる。

「お、おう……。まさかのトーべーイーツだったか……」

最新のデリバリーサービス使ってんのね？　と一色をちらと見れば、一色はしれっと言って

のける。

「今なら手数料含めて実質無料だったので」

「払ってあげてよぉ……」

一応先輩じゃん、君からしたら。混んでる売店に飲み物買いに行かされる先輩辛いよぉ。お金も払ってもらえないって搾取だよぉ。「実質無料だったらまぁ使うか……」的なニュアンスさえ含ませてるの残酷なんて言葉じゃ表現できないよぉ。

いともたやすく行われているえげつない搾取につい悲嘆の声を上げたが、当の本人はあまり気にしていないようだった。

「まぁまぁまぁ、いいからいいから。これ、飲み物ね」

さも慣れてるといった感じで、戸部《とべ》は今しがた買ってきたドリンクを配り始める。

「ありがとー」

「ありがとう……」

普通のテンションで由比ヶ浜《ゆいがはま》が言えば、雪ノ下《ゆきのした》は疲れ気味な声で言う。

「ありがとうございます!」

ついでに小町《こまち》も流れで普通にドリンクをいただいていた。ちなみに一色《いっしき》さんは「どもー」ってめっちゃ小さい声で言ってましたね、ええ。

かくして、戸部が手にしていた四つのドリンクは無事完売。うーん……、戸部くんの分までなくなっちゃいましたね……。

「悪い、小町の分、出すわ……」

いくらトーベーイーツが実質無料のデリバリーサービスとはいえ、急に合流した小町の分は員数外だろう。

「いやいや全然。なんもなんも……」

俺がこそっと小声で言うと、戸部は気にした様子もなく、どこの方言かもわからない適当な返事をしながら、からっと笑って手を振った。

なんだよいい奴かよ……。と、思っていたら、戸部はそこでようやく小町の存在に気づいたらしい。おおっ！　と大げさに驚くと、ぱちんと指を鳴らして、その指をびしっと小町に向け、捲《まく》し立てた。

「っていうか、ヒキタニくんの妹ちゃんじゃん！　っべー！　もうイモタニちゃんじゃね⁉　めっちゃ久しぶりじゃーん！　なになにどしたのどしたの？　何系？　何系？　何系で来た系？　うわやば、なんかもうナツいわ～。積もる話が積もりまくりでしょー」

「あー！　お久しぶりですー！　ほんとお久しぶりで、積もる話も是非また今度是非是非ほんと今度絶対また！」

対する小町はにこぱーっとした笑みを浮かべはしたものの、一歩ずずいと寄ってきた戸部の動きに合わせて、さっと一歩退き、どころかもはや飲み会の解散間際みたいな台詞回しでもって受け答えしていた。

「話す気ないときの距離の取り方じゃん……」

「仲良くない女子がやりがちなやつ！」

その鮮やかな切り返しに、俺と由比ヶ浜《ゆいがはま》はドン引きしていた。

今度、絶対、また。この場合における、今度、と、また、は絶対に訪れることがない。俺は詳しいんだ。

「ていうか、なんで戸部《とべ》がここに？」

雪ノ下《ゆきのした》、由比ヶ浜、一色《いっしき》という組み合わせはまぁわかる。しかし、そこへ戸部が加わるというのが少々解せない。

「葉山《はやま》先輩を誘ったんですけど、代わりになぜかこの人が勝手に」

「そうね。なぜか勝手に」

聞けば、一色は湿度ゼロのトーンで答え、さらに雪ノ下が温度ゼロのトーンで続いた。おっと、雪ノ下さん元気になってきましたね！　キレが戻ってきましたね！　いいよいいよ、キレてるよキレてるよ！

一方、普通にキレてもおかしくない言われ方をしている戸部はといえば、まったくキレてない。俺をキレさせたら大したもんですよと言わんばかりの余裕で、なははと苦笑いを浮かべていた。

「いやいや、女の子だけだと心配だからって隼人《はやと》くんに言われて来た系だから」

「ほーん……」

「や？　俺も？　迷惑なナンパとか？　そういうの許せねぇし？」

特に誰も何も聞いていないのに、戸部はばっさばっさと髪をかきあげ、妙ないい人アピールを始めていた。このまま放っておくと、『こんなＤＱＮな見た目の俺でも、目の前で若いあんちゃんが空き缶をポイ捨てしてたからつい拾って近くのごみ箱にブチ込むなどした』みたいなみんながリアクションに困るイキリツイートをする大人になってしまうかもしれない。いや、まぁ、戸部いい奴なんだけどね……。

その場の誰もが反応できずにいると、一色がはぁーと深いため息を吐《つ》く。

「って、めっちゃアピールされたんですよね……。サッカー部行ったときじゃなくて、普通にＬＩＮＥすればよかった……」

そして、一色はものっそい冷めた視線を戸部に向ける。

「そういうイキリいい人アピールいいです、いらないです。そういうの、ほんとやめたほうがいいですよ？」

「お、おう……。っべー……、ガチの説教だわ……」

戸部はしきりに襟足《えりあし》を引っ張りながら、なおも「っべー……。……っべー」と漏らしている。

一色の言い方はだいぶアレだが、スルーせずにちゃんと反応するあたり、割りと普通に優しいんじゃないかと思いました。

しかし、なるほど、これでだいたいの経緯はわかったぞ。おそらくは一色《いっしき》がサッカー部に顔を出した時に、葉山《はやま》にフェスの話を持ち掛け、「女の子だけだと不安で……」みたいなことを口にしたのだろう。それを逆手にとった葉山パイセンが爽《さわ》やかな笑《え》みを浮かべて、「そういう時、戸部《とべ》なら頼りになるんだけどな」とか適当なこと抜かしたに違いない。ほーんと、あいつ、そういうの得意だからな。結果、その場にいた戸部がうまいこと自尊心と義侠心をくすぐられ、今に至ると……。世の中、いい奴ほど利用されてしまうものだなぁ……。

などと、しみじみしていると、さすがに戸部が可哀想《かわいそう》になったのか、由比ヶ浜《ゆいがはま》がフォローに入っていた。

「ま、まぁまぁ。ありがたいっちゃありがたいし……」

「それはまぁ、そうですけど……」

えらく微妙な言い方で宥《なだ》められると、一色も不承不承《ふしょうぶしょう》に頷《うなず》く。うーん、ガハマちゃんの言い方、微妙すぎるゾ☆

「ですね！　ありがたいですね！　よっ！　頼りになる男！　ドリンクごちになります！」

しかし、そこですかさず小町《こまち》がヨイショする。ついでに先ほどのドリンクを戸部の奢りにさせようとしていた。いや、ちゃんとお兄ちゃんが払いますよ？　さすがに悪いでしょ？

と、罪悪感を抱いていると、その隙を見計らったように、雪ノ下《ゆきのした》がふっと呆《あき》れたような笑みをこぼした。

「誰かさんが最初から素直に来てくれれば、戸部くんが無闇に傷つく必要もなかったのにね」

「君も傷つけてたけどね？」

忘れちゃった？　さっき勝手に来た奴扱いしてましたよ？　おかげで、なぜか雪ノ下の分も俺が謝らなきゃいけない気がしてきましたよ？

すいませんね、うちの子たちが……、とそんな思いを滲《にじ》ませて俺は戸部にへこっと小さく頭を下げる。

「まぁ、でも、悪いな、付き合わせて」

「いやいやなんもなんも！　……俺、音、浴びるの全然好きだし？」

めっちゃドヤ顔で言われてしまった。

「あ、そう……、ならよかった……」

謝って損した気分だが、今だけはそのキメ顔もイキリアピールも許そう。実際、プロムのときも楽しそうにしてたし、こういう催し物が好きなのは本当なんだろうし。

「まぁ、戸部は好きそうだもんな、こういうの……」

と、言外に「でも他の皆さんはそんな感じも特にないですよね？」というニュアンスを含めて言うと、それを察した一色がさっと答えてくれる。

「いえ、今後のイベントの参考にと思いまして。規模が違うんであれですけど、なにかヒントになればいいかなーと。ほら、千葉って音楽フェス、結構すごいじゃないですか」

「あー確かに。超おっきいイベントやってるもんね」

うんうんと頻《しき》りに頷《うなず》く由比《ゆい》ヶ浜《がはま》の言う通り。実は千葉といえば結構な規模の音楽ライブがちょこちょこ開催されていたりする。

「あー……。あれな、あれとかな」

俺もうんうん頷き、千葉の音楽史において、最も有名な『超おっきいイベント』の名前を挙げる。

「……GLAYの二十万人ライブとかな」

「時代を感じる!? ヒッキーいくつなの……」

由比ヶ浜がドン引きしていた。ばっかお前、伝説は時代を超えるんだよ。千葉県民が大規模音楽イベントの存在を認識したのはあれがきっかけなんだぞ（俺調べ）。

などと、よっぽど言い募《つの》ってやろうかと思ったが、それより先に由比ヶ浜は呆《あき》れたように肩を竦《すく》めている。

「千葉のフェスっていえば、サマソニでしょ普通に。あとCDJ?」

「まぁ、その辺はあんま興味ないからよく知らんが……」

「え……。さすがにアレだけ有名なのを知らないのは……」

一色《いっしき》は若干呆《あき》れ気味、というかもはや引き気味に感想を漏らしていた。そのドン引きの眼差《まなざ》しにはもはや哀れみさえ浮かんでおり、俺は慌てて言い返す。

「いや、知ってはいる。知ってはいるぞ……、まぁ、名前を知ってるだけで行ったことはないが。近所に住んでると、逆に行くタイミングがわかんねぇんだよな。東京に住んでる人は東京タワー行かない、的な」

「だべ、わかる」

俺が適当ぶっこくと、戸部《とべ》だけが腕組みをして同意の頷きを返してくれる。他の皆さんはといえば、大層懐疑的な視線を送っておられました。それを代表したかのように、雪ノ下《ゆきのした》が怪訝《けげん》そうな顔で問いかけてくる。

「あなた、そもそもフェスとか行くの？」

「まぁ、フェスの定義にもよるが……」

言いつつ、しばし考える。俺が行ったことあるイベントでちゃんとフェスって銘打ってるのってバンナムフェスくらいなんだよな。アニサマとかもフェスに含まれるのかしらん？　広義においてはそう呼べるのだろうが……。ランティス祭りはフェスに含まれますか？　いや、まぁ、フェスか。フェスだな。結論付けて俺は大きく頷く。

「結構行くぞ」

するると、由比ヶ浜がちょっと驚いたような顔をする。

「へぇ、意外。どんなの行くの？」

「こないだも行ってきたばっかりだ、東京ドーム2DAYS」

「東京ドーム2DAYS……。へー」

「相当すごいアーティストなのね」

由比ヶ浜《ゆいがはま》と雪ノ下《ゆきのした》が感心したように言う。

さもあろう、東京ドームこそ日本が誇る最強のデカ箱、その一柱。キャパ五万五千人を誇るそこでライブし得る者こそはアーティスト最強。

俺はあの瞬間を噛《か》みしめるように言った。

「まぁな。なんせ二日目はアイカツだったからな……」

あれは、ほんと、良かった……。

いやのっけからあおいちゃんの影ナレで始まった時にはもう鳥肌立ったね。で、そこからアイカツシステムのBGMがかかるわけでしょ？　しかも、一発目でダイハツっていうね。その後の『輝きのエチュード』で虐殺されたと思ってある意味逆に安心して天に召してたら、『スタートダッシュセンセーション』が来てもう膝から崩れ落ちたよね、座ってたけど。そもそも二日目はアイドル祭りってコンセプトでやってたわけだが、ここで共通のキャストが非常にうまく、かつ素敵につなぎ合わせていたあれは一つの奇跡だったと思うんですよね。我々《われわれ》の持つ宗教感の違いを超えた新時代のライブエンタテイメントの姿を垣間見たなといたく痛感させられたわけで、エッモ。えっ、ほんっっとエッッッ、エッッモ……。

俺はあまりにもエモいエモ追体験に「エモ……、エモ……。エッ、エモ……」と呟《つぶや》き続けるエモーショナルｂｏｔに成り下がっていた。油断すると、二日目の良かったところを延々語ってしまいそうだ。

だが、そういうのはツイッターのライブレポだからこそ書けることであり、口頭だと脳を介さず脊髄が勝手にエモいと言い出してしまう。

「兄のバンナムフェスの思い出語りは無視していただいて……みなさんはフェスとか結構行くんです？」

一方その頃、エモエモの実を食べたエモ人間がエモエモ言い続けるのをするっとスルーして小町《こまち》は話を進めていた。

「まぁ、それなりにですかね〜」

「あたしも付き合いで行ったりとか」

「だべ！　それだわ〜」

「私はジャズのコンサートなら……。昔家族でクルージングに行ったときは洋上コンサートがあって……」

「あー、沈んでも最後まで避難できない人たち」

「結衣《ゆい》さんのソレはタイタニックの知識では……」

「でもコンサートとライブって微妙に違う感じしますね」

「ええ。だから、ライブってどう楽しんでいいか、わからないのよね」

「あ、その辺は兄が詳しいですよ。ね！　お兄ちゃん」

「そうだな」

急に話を振られたので俺はエモ追体験を即時中断、キリッと頷《うなず》いていた。

「話、聞いてたんだ!?」

「まぁな。俺はいつどこで何をしていても、小町《こまち》の声だけは聞き逃すことがない。なんなら小町以外の声は全然聞いてなかったまである」

言うと、小町が嬉しそうににこぱーっと微笑《ほほえ》む。

「わぁ気持ち悪い♪」

そしてひどいことを言っていた。

「ほんとに気持ち悪いわね……」

そしてにこりともせず、割りと本気で引いているっぽい雪ノ下《ゆきのした》。うーん、そのストレートな罵倒、結構心に来ますね……。素っぽい感じ、よくない。

一気に現実に引き戻された俺はついでに話題も引き戻す。げふんげふんと咳払《せきばら》いしてもったいつけ、ライブの楽しみ方を伝授することにした。

「……で、ライブか。ライブは難しく考える必要はない。最初のうちはベガ立ち彼氏面《づら》してればいい」

が、しかし、言った瞬間、雪ノ下の表情が困惑に歪む。

「べ、ガ……？　なに？　なんて？」

聞き返してくる雪ノ下に、俺は再び繰り返す。

「いやだからベガ立ち彼氏面」

「聞き返しても全然わかんない！」

由比ヶ浜《ゆいがはま》はお団子髪をもしゃりながら叫ぶ。さすがに素人《しろうと》にはちょっと難しい言い回しだったか……。俺は改めて通じそうな言い方を探す。

「……あー、あれならわかりやすいか、昔の男面」

「わかんないから！　や、言葉の意味わかるけど、……意味わかんない。ええ……、なんでライブで彼氏面……」

もはや由比ヶ浜は理解を放棄し始めているようだった。うーんうーんと唸《うな》るその傍《かたわ》らで、一色《いっしき》がほうほうと頷いている。

「でもそう聞くと、どんなきっつい面して悦に入ってるのかは興味ありますね」

「わぁ、この人言い方やばいなー。まぁ、でも小町も気にはなります」

「そうね。では、どんな感じか、ちょっとやってみて」

「いや、別に難しいことじゃないぞ……。まぁ、こんな感じで……」

言いながら、俺はすっと腕組みし、斜に構えると、視線を遠くやる。その眼差《まなざ》しは今ではなく、ここではなく、形而上のアイドルへ。

俺だけに見えているステージ、その輝きの向こう側を見つめて、俺は静かに微笑《ほほえ》み、ゆっくりと頷《うなず》いた。

わかってる、わかってるからな、俺だけは。お前のことを。本当のお前を、俺だけは……と念じながら。

瞬間、すべての音が遠くなる。

都合五人分の痛々しい沈黙が降りてきたが、しかし、それでも俺はなおもこくりこくりと頷いていた。

そして、姿なき想像上のアイドルへ向けて、俺は胸の内だけで語り掛けた。

……そっか。お前は、『自分がいたい場所』ってやつを、……見つけたんだな。……あの頃よりずっと。……ずっとずっと輝いてるよ。

ありもしない俺とアイドルの日々を思い、それはとうの昔に失われたことを自覚して、俺は自嘲《じちょう》ぎみな笑《え》みを含んだ吐息を漏らし、軽く首を振る。

前方へ遠い目を向けて、後悔が滲《にじ》む情けない笑みで微笑み、「ああ。一番後ろの席から、ちゃんと見えてるからな……」と、口の中だけで返事をして、俺はこくりと頷いた。

が、そんなベガ立ち彼氏面《づら》に、ついに耐えきれなくなったのか、一色《いっしき》がぶんぶんと高速で首を振る。

「無理無理無理」

さらに小町《こまち》と由比ヶ浜《ゆいがはま》も揃《そろ》って、ないないとばかりにぶんぶん首を振っていた。

「きついきついきつい」

「キモいキモいキモい」

「エモいエモいエモい」

しかし、俺にだけは真実が見えている。無理・きつい・キモいの大合唱に負けぬよう、俺はエモいエモいと唱えた。でも、見えないものを見ようとしていたのは俺とバンプ・オブ・チキンとお薬をやっている奴だけなんですよね。至って健全健康な由比ヶ浜がドン引きの叫びをあげる。

「どこがエモいの⁉」

「見てる側は勝手にエモくなるからいいんだよ」

そう、フェスやらライブやらで肝要なのはエモいかエモくないか、この点だけなのだ。

俺が切なる思いで訴えれば、ドン引きさえ超えて困惑、どころかもはや心配しているように雪ノ下《ゆきのした》が問いかけてきた。

「……それは、なにか楽しいの？」

腫れ物に触るような気遣わしげな声音《こわね》、それはあたかも沈黙が支配している食卓で、母親が勇気を出して切り出す「……学校、楽しい？」とよく似たトーンだった。そんな不安そうな顔で聞かれると、俺も真面目に答えざるを得ない。

「え……。楽しいだろ。みんなが騒ぐ中、俺だけは違う感が気持ちいい。昔の男面《づら》してる時の気分はもはや新海誠《しんかいまこと》作品の主人公だな。頭の中では山崎《やまざき》まさよしがかかってる」

「脳内の曲よりライブの曲を聴きなさい……」

雪ノ下《ゆきのした》は頭痛を堪《こら》えるようにこめかみにそっと手をやり、呆《あき》れたため息を吐《つ》く。

うーん……、わからないかぁ……。ライブでバカ騒ぎする群衆のなか、それを俯瞰《ふかん》で見てる感とか気持ち良すぎるしエモすぎるのに。

俺だけはファンを超越せし理解者の域に達しているという顔ができるときほど、推しとの絆を感じる瞬間もない。俺はそういう深い部分で他のファンと己を差別化することで、よりハイレベルな楽しみ方ができる男なのである。

が、そのあたりのことをご理解いただくのは難しいようだ。由比ヶ浜《ゆいがはま》はぽけーっと口を開けていたが、やがてぽつりと呟《つぶや》いた。

「ぜんぜんわかんない……キモい」

「きもっ……あのさぁ」

マジトーンやめよ？　ちょっと今、心の底から出てたニュアンスに聞こえたよ？

だが、マジっぽいトーンなのは由比ヶ浜だけではない。雪ノ下も心底心配そうに聞いてくる。

「あなた、いつもそんなことしているの？　大丈夫？　朝昼晩ちゃんとお薬飲んでる？」

「ライブ見ていると脳内麻薬でハッピーだから必要ない」

「ハッピーすぎるって逆に不幸なことなのね……」

雪ノ下が俺を見つめる眼差《まなざ》しはどこまでも優しく、ともすれば見つめるを通り越して、看取るかのような寂しい温かみを伴っていた。

まるでお通夜のような空気の中、一色《いっしき》が呆れ腐ったため息を吐く。

「もっとわかりやすい楽しみ方ないんですか？」

その口ぶりは大変うんざりとしていて、これ以上立ち入るのはこっちがキツいと言わんばかりの表情だった。

もっとわかりやすい、と言われても、俺としては最高にわかりやすく、そしてエモいフェスの楽しみ方がコレなのだが、まぁもっと一般的感性にフォーカスしろ的な要望だろう。

「慣れてくると、コールとかも覚えるようになるから、普通に楽しめるぞ」

「コール？」

耳慣れない言葉なのか、雪ノ下は首を傾《かし》げる。そこへ戸部《とべ》がほんほんと頷《うなず》き、それなそれなとしゃしゃり出てきた。

「コールってあれだべ？　バーニラバニラバーニラふっふー！　みたいな？」

「違う」

いや、リズムとしてはだいたい合ってるし、近いと言えば近いが全然違う。最近バニラトラック見かけないから伝わんねぇだろ……。あー、あれかーみたいに頷《うなず》いている子がいますけど、見なかったことにしますね。

「コールっていうのは、合いの手的なやつだな」

言いつつも、若干説明に困る。

要するにウイニングライブで「うまぴょい！　うまぴょい！」ってやるやつだよと言って通じれば一番楽なのだが、さすがに無理があるかもしれない。あれ、見てると普通に泣いちゃってコールどころじゃないし……。うまぴょいで泣く日が来るとは思わなかったよ……。いや、それはさておき。

「まぁ、ポピュラーなのだと……、はい、せーの！　はーいはーいはいはいはいはい！　……みたいな感じ」

考えた末、とりあえず一番わかりやすい例を挙げると、由比ヶ浜《ゆいがはま》と一色《いっしき》がお～と頷く。

「あー、なんか聞いたことある気がする……」

「アイドルちゃんのライブってそんな感じですよね」

「お、いろは先輩、アイドルとか好きなんですか？」

「さすがにライブ行くほどじゃないけど……。まぁ、でも顔が良い女の子好きだし」

「ほんと言い方やばいなー」

などと、小町《こまち》と一色がアイドル論を交わしている中、雪ノ下《ゆきのした》は一人ふむと何事か考えこんでいた。

「歌を聴きに来ているのに、観客が声を出すというのは少し不思議な感じね」

「まぁ、応援の意味合いが強いからな。もちろんやっていい現場かそうじゃないかはおのおのちゃんと空気を読んで判断すべきことだが……」

コールへの考え方は人によって違う。ライブにおいては邪魔だと思う人もいれば、逆にコールを含めて盛り上がることを重要視する者もいる。楽曲によりけりだという考え方だって当然あり、その扱いは非常にデリケートなのだ。加えて言えば、この辺りは運営がきっちり明確なルールを設けている場合もあるので、参加する際にはそのレギュレーションを逐次確認することが推奨される。

と、長々語ってもいいのだが、それよりなにより、大事なことが一つだけある。

「極論、ライブは他人に迷惑をかけない限りは、どんな風に楽しんでもいいんだ」

結局は演者も観客も楽しく快適な時間を過ごせることがもっとも優先されるべきことだ。それこそが絶対の鉄則だと言っていい。

俺の声音《こわね》には妙な実感がこもってしまっていたが、それだけに説得力が生まれていたらしい。雪ノ下はきょとんとして、二、三度瞬《まばた》いたが、すぐにふっと微笑《ほほえ》んだ。

「なるほど。なんとなくだけれど、理解したわ」

納得の嘆息を漏らし、うんと頷く雪ノ下。

一方で、傍《かたわ》らの一色《いっしき》はまた違ったため息を吐《つ》いている。

「まぁ、でも自由が一番難しかったりしますよね。……はぁ、イベント、ほんとどうしよ」

思いのほか悩ましげな声でぽつりと呟《つぶや》く声に、俺もふむと考えてしまう。

自由に楽しんでいい、とは言うものの、それはあくまで観客が参加する際の心づもりだ。企画運営する側はまた違った観点に立たねばならない。どう楽しむかはお客様の自由です！　といえば聞こえはいいが、それすなわちお客に投げっぱなしであるのと変わらないのだ。いかにして楽しんでもらうか、どんな部分を楽しんでもらいたいか、どうやって快適な時間を過ごしてもらうか、そうしたことを考える必要がある。

企画する側として見れば、この大規模なフェスも何かしらのヒントにはなるだろう。たとえばこの休憩スペースなんかはぜひ取り入れていただきたい要素の一つだ。文化祭でも休憩所あると楽だよね……、なんなら全クラス休憩所でもいいくらいだぞ。そしたら、クラスで面倒なことやらずに済むし。

斯様《かよう》にホスピタリティの面において参考にできる点はあれど、しかし、それもイベントの中身が決まってからのことだ。

「ていうか、そのイベントってなにやるつもりなの？」

聞くと、一色は人差し指を頤《おとがい》に当て、考え考えしながら話し始める。

「来年の春くらいに生徒会主催で卒業とか入学を祝うイベントをできればなーと。ぱーっと派手なことやるとよくないですか？　どうせ学校の金だし使わないと損じゃないですかー？」

「うわぁ、すごいこと言うなこの人……、企画する理由がクソすぎる……」

あまりにもあんまりな理由に小町《こまち》がドン引きながら言うと、一色がつーんと唇を尖《とが》らせる。

「いいんですー、うちは公立だし、税金なんだから元はわたしのお金なんですー」

「私たちのお金なのだけれど……」

困惑気味に雪ノ下《ゆきのした》が言い、由比ヶ浜《ゆいがはま》は苦笑いを浮かべていた。ただ一人、戸部《とべ》だけがさすがいろはすさもありなんとばかりに頷《うなず》いている。慣れてるな～。

それはさておき、イベントの時期はなかなか難しい問題だ。

「ほーん……。春ねぇ……。まぁ、やるなら卒業タイミングのほうがいいだろ」

「ですかね？」

「ああ、入学はちょっとな……」

俺が微妙に言葉を濁すと、一色はくてりと小首を傾《かし》げる。

「なんでですか？」

「新入生はそういうときはしゃいじゃうからな。で、だいたいやらかす。入学してすぐにやらかすと後々まで響くぞ」

特に、入学したてなんてのは最もナイーブな時期。スタート時に躓《つまず》くことほど手痛いこともないだろう。コミュニティに入りたての時期なので、ライフラインとなる友人関係もまだ固まりきっておらず、かといって学校そのものに対する執着もまだ薄い。一時の恥を忍ぶことができず、自主退学RTA《リアルタイムアタック》なんてことにまでなりかねない。俺は詳しいんだ。

けど、ちょっと詳しすぎたみたい。

「説得力がやばい！」

由比ヶ浜《ゆいがはま》が思いっきり頷《うなず》いていた。

「だろ？　入学直後の自己紹介とかもそうだな。あそこで滑り倒すとマジやばい」

「それめっちゃ大事だわ！　なんつーの？　さっきのフェスも、やっぱ登場した時のツカミ？

それ、超大事だったし」

戸部《とべ》がびしっと俺を指差し、うんうん納得していた。

まぁ、フェスに出演している大物アーティストのMCと入学時の自己紹介を同列に語るのはいささか気が引けるが、しかし、ツカミが大切なのはどちらも変わらない。

そんな話に、若干憂鬱《ゆううつ》な顔をしたのは我が校への入学を控えている小町《こまち》である。

「小町、自信ないです……」

「そうかなー？　小町ちゃんなら平気そうだけど」

不安げな表情を見せる小町に由比ヶ浜が意外そうな顔をした。

まぁ、確かに。小町クラスのコミュ強ともなれば、自己紹介くらいはお手のもののはず……。

いったい何を心配しているのやら……。

俺も不思議に思って眺めていると、小町は瞳をうるうるさせて、由比ヶ浜にひしっと縋《すが》りついた。

「いえ、自信ないので、ここはひとつ、結衣《ゆい》さんにお手本を！　フェスっぽく！　さっきのアイドルちゃんばりに！」

「えっえっ」

突然の無茶ぶりに由比ヶ浜がわたわたと戸惑う。

ははぁん、さては小町の狙《ねら》いはこれか。フェスの熱気に当てられた悪ノリだな……と、思っていたが、それを見た一色《いっしき》もにやりと笑う。

「あ、いいですね。じゃ、自己紹介お願いします」

「そうね、由比ヶ浜さんはそういうの得意そうだし。やってあげたら？」

さらに雪ノ下《ゆきのした》も口元に手をやり、くすっと笑いさざめき、乗っかってくる。ついでに戸部がやんややんやと手を打つと、どうにも断り切れない雰囲気ができあがる。

「え……、う、うん、わかった……。フェスっぽく、さっきのアイドルっぽく……」

そして由比ヶ浜は眉根《まゆね》を寄せて瞑目《めいもく》すると、うむむと呻《うめ》き、何事か考えこむ。ぶつぶつ呟《つぶや》く口ぶりから察するに、どうやら先ほど出演していたアイドルちゃんの自己紹介を思い出そうとしているらしい。

やがて、イメージが固まったのか、由比ヶ浜はぱっと目を見開くと、きらきら輝くような笑顔を浮かべ、さらに身振り手振り付きというノリノリっぷりで声高に叫ぶ。

「みんなー！　やっはろ～！　それではみんなもご挨拶《あいさつ》！　やっはろー！」

そして、その手をお耳に当てて、レスポンスを待つ。

そんな風に待たれてしまうと、俺たちも返さざるを得ない。しっかりばっちり「やっはろー！」の声が届くと、由比ヶ浜《ゆいがはま》はうんうん満足げに頷《うなず》き、手を振った。

「はい、みんなありがとー！　いっつもキュート、時々セクシー、テーマカラーはピンク一色！挨拶担当ゆいぽんです！」

キュートに頰《ほお》に手を当て、セクシーに腰に手をやり、その手をくるりと回してびしっと敬礼。無駄に完成度の高いアイドル仕草だった。

「お～。やべーな、この人やってんなー、マジで」

どこから目線なのか一色《いっしき》が感心したようにぱちぱち拍手を送る。すると、そこへ濁声の喝采と、嫌に野太い声援が続いた。

「っべーー！　尊み秀吉《ひでよし》～！」

「ゆいぽーん！」

「今、オタクが二人ほど混ざってたんですけど……」

オタク二人……戸部《とべ》と小町《こまち》のいかにもなリアクションに、一色がドン引きしていた。特に、顔をくしゃくしゃにして野太い声を上げる小町を見る目が軽蔑《けいべつ》のソレだった。

こいつらやばくないですか？　みたいな感じでちらっと俺を振り返ってくるが、俺はそれどころではない。

「……え、え、待って、え、無理、しんどい、無理かわいい……」

思わずものっそい小声で呟《つぶや》いていた。

え、え、待って。なに、今の？　待って、無理。え。これもういつ地上落ちしてもおかしくないだろ。そうそうこれだよ、アイドル現場に来る人間はこれを求めて来ているんだよ。ゆいぽんマジ推せる。

などと、めっちゃ早口で呟き続ける俺に、一色は気色の悪いものを見るかのような視線を注いでいた。

「オタク三人目……」

だめだこいつらみたいな諦めの表情を浮かべる一色。救いを求めるようにその視線が雪ノ下《ゆきのした》へと向けられる。

「そこは挨拶担当より、やっはろー担当のほうがいいわ」

「そして横からプロデューサー……」

しかし、一色の期待虚《むな》しく、雪ノ下は腕組みプロデューサー面《づら》で、うんうんと頷《うなず》き己のプロデュースを推し進めようとしていた。さらに、由比ヶ浜もアイドル然として、それをふむふむ真剣に聞いている。

「んー、でもやっはろーって挨拶《あいさつ》だし……」

「初見の人に挨拶だと通じないこともあるでしょう？　聞き慣れている私たちはわかるけれど、他の人は奇声をあげているように思うんじゃないかしら、鳴き声みたいな」

「そんなふうに思ってたの!?」

「あ、もちろん可愛《かわい》い鳴き声だと思ってたわ、すごく可愛い鳴き声」

「フォローが下手《へた》！」

雪ノ下《ゆきのした》は悪気なくにこっと微笑《ほほえ》んでいたが、由比ヶ浜《ゆいがはま》の言う通り、ほんとにフォローが下手なんだよなぁ……。鳴き声が可愛いです！　って触れ込み、ペットショップの鳥コーナーくらいでしか聞かないアピールじゃん……。

これにはさしもの一色《いっしき》も見かねたのか、やれやれと言わんばかりに肩を竦《すく》める。

「まぁ、今のは雪乃《ゆきの》先輩がひどいですよね。ちょっと一回やってみたらどうですか」

「えっ!?」

しれっと言ってのけた一色の言葉に雪ノ下が固まる。見れば一色の口元はへへへっといやーな感じに綻《ほころ》んでいた。

「あ、見たい見たい、わーぱちぱち」

「ぱちぱちぱちぱち」

戸惑う雪ノ下をよそに、由比ヶ浜と小町《こまち》が見事な連係プレーで『待ってました！』とばかりに拍手を送る。雪ノ下もさっき悪ノリに乗っかり、あまつさえプロデューサー面《づら》していた手前、断り切れない様子だ。

「え、え、……ふぇ、フェスっぽく？　……アイドルっぽく？」

雪ノ下はぶつぶつ呟《つぶや》いて、うううっと頭を抱える。

ちょっとちょっと、悪ノリが過ぎますよ。あんまり雪ノ下を困らせないでよね。こういうの苦手なんだから。とは言えない。……ちょっと見てみたいしね？

皆の期待が集まる中、雪ノ下は困ったように俯《うつむ》きつつも、前髪をさっと整えた。そして、そっと目を閉じると、ふぅっと小さく息を吐いて、少しずつ気持ちを作っていく。じんわりと頬《ほお》が朱に染まっていき、やがてうっすら潤《うる》んだ瞳を開いた。

「み、みんなー！　こんばんは、黒髪ロングは知性の証《あかし》……。て、テーマカラーと心はブルー。クール担当ゆきのんです……」

由比ヶ浜がやってのけた挨拶をオマージュしたかのような言い回しでもって、さらりと艶《つや》やかな黒髪を払い、その手をそっと胸元に当て、控えめな笑顔を浮かべる。クールと呼ぶにはあまりにキュートすぎるアイドル仕草には、そこはかとなくパッションが滲《にじ》んでいた。

「お、お〜……」

顔どころか耳まで赤くする雪ノ下の自己紹介に、その場は静かに沸いていた。

誰もが言葉を失い、見惚《みと》れていると、その沈黙を無反応と受け取ったか、雪ノ下は耐えかねたようにぷるぷる肩を震《ふる》わせる。そして、こちらを涙目で恨みがましく見つめると、浅く噛《か》んだ唇を尖《とが》らせ、力なく項垂《うなだ》れた。

「……死にたい」

ぽそりと呟《つぶや》かれた言葉は切れ切れにかすれている。その稚《いとけな》い儚《はかな》さに、みんながはっとなった。俺にいたっては「うっ」と心臓に鈍痛が走っている。

「いやよかったべ！」

「めっちゃ可愛《かわい》い！　好き！」

戸部《とべ》が惜しみない拍手を送り、由比ヶ浜《ゆいがはま》は雪ノ下《ゆきのした》をひしっと抱きしめる。

抱きすくめられたことに戸惑いつつも、雪ノ下はようやくほっと息を吐いた。安堵《あんど》も相まって、表情から硬さが抜けると、面映《おもは》ゆさに身を捩《よじ》りながらも、はにかみ笑いを浮かべた。

「そ、そうかしら……」

「そうですよ！　『この女やってんな、マジ汚ぇ』って思いましたもん！」

「うわぁ、この人褒《ほ》め方のセンスやばいな。でも、マジ可愛かったです！　ね、お兄ちゃん！」

一色《いっしき》のひどい言いぐさも、小町《こまち》が俺を呼ぶ声も、すべて遠く聞こえた。

黙ったままの俺を小町が怪訝《けげん》そうに見る。

「……お兄ちゃん？」

だが、その呼びかけに答える者はいない。

ただ、すん……っと静まり返った物言わぬ亡骸《なきがら》があるだけだ。小町《こまち》はその亡骸の肩を優しく揺すった。

へんじがない。ただのしかばねのようだ。

「し、死んでる……」

比企谷八幡《ひきがやはちまん》。享年十七歳。

死因は、きゅん死であった。

「お、お兄ちゃーん！」

小町は悲痛な叫びとともに俺の身体をぐらぐら揺する。

「……はっ！」

おかげでどうにかこうにか意識を取り戻した。

あっぶね、なにかとても尊いものを見たせいで、うっかり死にかけていた。三途の川のこっち側でまだ元気なじいちゃんばあちゃんが、ばいばーいって手を振ってたぜ……。完全に見送られてるんだよなぁ……。

ほんと危ねぇなぁ、こんなことでいちいち死んでたら、この先いくつ命があっても足りないのでは？　俺の人生、スペランカーかよ。

ふーっとため息吐《つ》きつつ、額の汗を拭《ぬぐ》い、何事もなかったかのように装《よそお》う。

「……で、何の話してたっけ」

「入学した時の自己紹介についてです」

動揺しまくりな様を見た一色《いっしき》は若干呆《あき》れたように教えてくれる。

俺は気を取り直して、ふむと腕組みした。

「あー、それな。あの手の自己紹介は長々喋っちゃいけないんだよ。できる限り手短に済ませるのが理想的だな」

滔々《とうとう》と語ると、小町は興味深そうにほうと頷《うなず》く。

「なるほど、その心は？」

「理由はいたってシンプルだ。……喋るコミュ症が一番うざい」

コミュ症とは喋れない奴だけを指すのではない。およそコミュニケーションに難ありのものを総じてそう呼ぶのだ。中には、聞いてもいないことをべらべら喋り倒すような、やけに口数の多いコミュ症もいる。その喋るコミュ症にもタイプがあって、単純に空気が読めないせいで余計な話をしてしまう子もいれば、自分の話をするのが大好きなイキリマウンティングゴリラもいるし、緊張すると口数が多くなってしまうあわてんぼうさんもいる。

そんな喋るコミュ症に比べたら、何も聞こえない壊れかけのレディオのほうがまだいくらかマシまである。……ていうか、何も聞こえないなら、それはもう壊れかけじゃなく、壊れているのでは？

などと、俺が言うと、雪ノ下《ゆきのした》はふむとえらく納得した様子で頷き、ふっと柔らかな笑《え》みを浮かべた。

「なかなかよくできた自己紹介ね。今度からは先に名前を名乗るともっとよくなると思うわ」

「アドバイスありがとう。誰か鏡持ってる？」

ぜひあの子に貸してあげてくれない？　と、見やれば由比ヶ浜《ゆいがはま》が困り顔でフォローしようとしていた。

「あの、あれだから！　ゆきのんも結構あれだから！」

由比ヶ浜の言葉に雪ノ下《ゆきのした》はむーっとむくれているが、そんな可愛《かわい》い顔してもダメです。ちゃんと反省してね？　もっとも、俺にも反省が必要なのは確かなことだが。

なんにせよ、喋るなら客観的に自分を律しなければならない。

でないと後で冷静になって振り返った時に、死にたくなっちゃうからネ！　あ、思い出して死にたくなってきたゾ。

知らず知らずのうちに俺の視線が下がる、その視界の端で小町《こまち》がふむっと何やら小難しげな顔をしていた。

「なるほど……。喋る内容の取捨選択が大事なんですね～。とはいうものの……、具体例を見てみないことには何ともですね。ちら」

小町はわざわざちらと声に出して、俺を見る。それを聞かなかったことにして、俺はわざとらしく口笛をぴぃぴぃ吹いていたが、小町はなおもちらっちらちら……と呟《つぶや》き、さらにくいくい俺の袖《そで》を引く。

「お兄ちゃんもちょっとやってみて。ほら、お二人にだけやらせるのもなんだし」

「お前がやらせたんだろ……」

言ったものの、小町はてへぺろ☆と笑って、おでこをこつんと叩《たた》くだけだ。もしかしたら、悪ノリで由比ヶ浜と雪ノ下に恥ずかしい思いをさせてしまったという罪悪感があるのかもしれない。

でも、それなら自分でやればよくなーい？　けど、妹に頼まれたら大抵のことはやっちゃうんですよね、このお兄ちゃん。んも〜！　うちの小町ちゃんったら世渡り上手！

などと、思っているうちにも、やらねばならぬ空気ができあがっている。

雪ノ下はお手並み拝見とばかりに腕を組み、由比ヶ浜はぱちぱちと拍手し、小町はきらきらお目々を向けてきて、戸部《とべ》はべーべー言っていた。それらを取りまとめるように、一色《いっしき》はこほんと咳払《せきばら》いすると、さっと俺に手を向ける。

「では、自己紹介どうぞ」

「ええ……。じゃあ、はい」

由比ヶ浜と雪ノ下があれだけ身を削ったのだ。俺もやらないわけにはいかないだろう。いや、ガハマさんは割りとノリノリでしたけどね？　それはさておき。

俺ももうじき高校三年。小学校時代から起算すれば、これまでで都合10度ほど、新学期の自己紹介をする機会があった。その経験則に基づいて言えば、自己紹介に失敗するのは八割気負いが原因だ。

重要なのは変にウケを狙《ねら》いすぎず、かといって淡泊すぎず、つまりありのままの自分をありのまま語ることが大事なのである。

というわけで俺は形而上の入学式を終え、形而上の初めて顔を合わせるクラスメイトたちにそつのない自己紹介をした。

「俺の名前は比企谷八幡《ひきがやはちまん》……」

「なんか主人公っぽい自己紹介ですね……」

俺の名乗りに怪訝《けげん》な顔をする一色《いっしき》。

「どこにでもいる普通の高校生だ」

「主人公ね……」

俺の語りに眉《まゆ》を顰《ひそ》める雪ノ下《ゆきのした》。

「なんの変哲もない、退屈ながらも平穏な日常を送っている」

「主人公だ……」

俺の騙《かた》りに苦笑いする由比ヶ浜《ゆいがはま》。

「……なのに、ある日突然不思議な妖精《ようせい》・ボチロンに出会って、いきなり入学ボッチに!? これから私どうなっちゃうの!?」

「プリキュアだった⁉」

由比ヶ浜は驚き半分呆《あき》れ半分ドン引き全部の都合二倍の感情量で叫ぶ。いや、自己紹介ってそういうものだろ。毎回アバンでちゃんとやってるでしょ？

などと、説明する間もなく、一色がないないとばかりに胸の前でぶんぶん手を振っていた。

「いやいや今の、不思議な妖精のくだり、いらないでしょ」

さらに雪ノ下がにこりと微笑《ほほえ》み続ける。

「どうなっちゃうのっていうより、頭がどうかしちゃってたわね」

「辛辣《しんらつ》！」

ガハマさんの言う通り、かなり辛めの採点を受けてしまった。その辛辣すぎる言葉には戸部《とべ》も「っべー……」と引いている。

一方、無茶ぶりかましてきた小町《こまち》はといえば、なにやらご満足いった様子でふむんと頷《うなず》いている。

「お兄ちゃんのはぶっちゃけだいぶアレだったけど、まぁでも参考になりました！　小町、高校に行ってもなんとかやれる気がします！」

なんて言いながらぐっとガッツポーズ。え～？　ほんとにござるか～？　今の自己紹介のどれをどう参考にするのか、大変心配だ。

そんな俺の不安をよそに、小町は新たな門出に思いを馳《は》せている。

「ついに小町《こまち》も、雪乃《ゆきの》さんと結衣《ゆい》さんの後輩です。めっちゃ楽しみ〜！」

「あたしも楽しみだよ〜！」

「ええ、学校で待っているわ」

なんて三人揃《そろ》ってきゃっきゃしている姿を、一色《いっしき》がむむむっと唸《うな》りながら見ていた。

「くっ……、わたしの後輩ポジションが……」

明後日《あさって》の方向に謎の心配をして歯噛《はが》みする一色。その一色を戸部《とべ》が宥《なだ》めていた。

「まぁまぁ、後輩ができるのもいいもんだべ。やっぱ？　頼りにされると、俺もやる気出るって言うか？　なんだかんだ言いながら可愛《かわい》がっちゃうでしょー。つかー、つい奢っちゃうんだよな〜」

戸部は襟足《えりあし》ばさばさやってドヤりながら、それこそ先輩風びゅんびゅんに吹かせている。しかし、戸部くらいとっつきやすいと、後輩としても助かる部分は大きかろう。案外、ほんとにいい先輩なのかもしれない。

と、思ってたんだけど、なんか違うみたい！　一色は冷めた眼差《まなざ》しと低い声音《こわね》でばっさり切り捨てる。

「はぁ、まぁ戸部先輩は舐《な》められてパシられてるだけですけど」

瞬間、戸部の動きがピタと止まる。

「べ？　マジ？」

「マジです」

「……っべー」

一色から告げられた切れ味鋭い真実に、戸部はそれきり言葉を失って、ただ襟足をばさばさやることしかできない。う、うん、や、そういう点も含めていい先輩なんだと思うよ……。じゃないと、いろはすもこんなザクザク言えないだろうし。それだけ心を開いてるってことなんじゃないかなぁ……。

なんてフォローを入れるべきか否か躊躇していると、不意に小町がくるりとこちらを振り向いた。そして、一色に向かって、きゃぴるんと可愛らしく微笑《ほほえ》みかける。

「えへへ、よろしくお願いしますね！　いろはせーんぱい♪」

出し抜けに言われて、一色はきょとんとした顔になった。ぱちぱちと目を瞬《しばたた》くと、んんっと小さく咳払《せきばら》いをする。

「……まぁ、後輩ができるのも悪くないかもですね」

なんて言いながらふいっと視線を逸《そ》らす。どうやら先輩という言葉の響きにくすぐられるものがあったらしい。耳元を隠すように、そっと髪を直す姿につい苦笑してしまった。

「そんなわけで、なんかあったら面倒見てやってくれ」

来春には卒業を控える俺たちと違って、一色と小町の付き合いは一年だけ長い。こうした女子の先輩とのコネクションは、なにかと心強いこともあるじゃろうて……。と、俺は中華拳法師範代顔で腕組みしながら頷《うなず》いていた。

それを一色《いっしき》は胡乱《うろん》げな瞳で見る。

「はぁ、そう言われてもわたしができることなんて特にな……」

と、そこで何かに気づいたのか言葉を切る。それからしゅぱっと体を引き気味にするとぱたぱた忙《せわ》しなく両手を動かし、早口でまくし立てた。

「はっ！　今口説こうとしてましたか妹を頼む的なニュアンスでしれっとプロポーズは悪くないんですけどでもよく考えたらやっぱりわたしが一番年下な方がポジション的においしいのでごめんなさい」

そして、ぺこりと綺麗《きれい》に一礼。俺はそれに満足して、うんうんと頷く。

「お、そうだな」

毎度毎度クソみたいな理由で、勝手に秒で振られている。おかげでもう最初から聞き流す体勢ができてしまっていた。

しかし、一色はそれがご不満らしく、むーっとふくれっ面《つら》で唇を尖《とが》らせる。

「でた、聞いてないやつ……」

「あんなの、まともに聞く方がどうかしてるだろ……。けど、一応返事はしたじゃん、そうだなって」

もうね、会話とか基本流れ作業でしかないから。目の前のベルトコンベアに流れてくるトークテーマに『わかる～』『それな～』という名のたんぽぽを添えるだけの簡単なお仕事だから。時給がないクソ労働なのがあれだけど。

などと、思っているのはバレバレなのか、一色は諦めたようにため息を吐《つ》く。

「まぁ、そうですけど……」

「そうそう、そうなんだよ」

なんて適当な相槌《あいづち》を打っていると、小町《こまち》がほぉぁ～となにやらいたく感心したような声音《こわね》を出した。心なしか、俺と一色を見る目がきらきらしている。

そして、小町はおずおずと一色に話しかけた。

「あのぉ……」

「はい？　なんですかお米ちゃん」

一色が面倒そうに聞くと、小町は祈るようにきゅっと両手を組んで、うるうるした瞳で甘えた声音を出した。

「やっぱりお姉ちゃんとお呼びしても？　とりあえず、（仮）から始めさせていただいて、都度都度考課させていただいても？」

「なんで！　やですよ！　査定めちゃくちゃめんどくさそうだし！」

頑として断る一色。だが、小町はいっそ清々《すがすが》しいくらいにそれを聞き流し、なんか勝手なことを言いだしていた。

「昔の人は言いました。目には目を、歯には歯を、クズにはクズを……。その点に関してだけは、いろは先輩は最高です。ある意味逆に理想のお姉ちゃんです、ある意味逆に」

「は？　なにいってんだこいつ……。ていうか、それ、まったく褒《ほ》められてる感じしないんだけど……」

うっとりとどこか夢見心地で語る小町《こまち》を、一色《いっしき》は怪訝《けげん》そうに見る。その口元はいーっと嫌そうに歪んでいた。

しかし、小町はそれさえもやはり華麗に聞き流す。

「小町はですね、常日頃から兄はいらないので、お姉ちゃんが欲しいなぁと思ってまして……。それが結果的に兄のためにもなるわけで……、と、兄を気遣うあたり、今の小町的にポイント高い」

「そう？　高い？　兄をいらないって言うあたり、だいぶ低くない？」

前借りした負債がデカすぎて後半で返済できてなくない？　ポイント付与率見直した方がいいよ？　しかし、人によってポイント付与率が違うものらしい。

不意に由比ヶ浜《ゆいがはま》と雪ノ下《ゆきのした》がぽつりと呟《つぶや》いた。

「小町ちゃんが妹……、いいかも」

「私が姉さん……。悪くないわね」

その声音《こわね》が重なったことに気づいて、二人が顔を見合わせる。

「へ？」

「あら？」

そして、互いに視線を交錯させ、じっと無言で見つめ合っていた。かたや不敵に笑い、かたや不遜《ふそん》に微笑《ほほえ》む。

その対峙はほんのわずかな時間のはずなのに、いやに長く感じられた。

「うっわ、これ絶対めんどくさいやつだ……」

なにやら流れる剣呑っぽい雰囲気に一色が小声で呟《つぶや》くと、戸部《とべ》までなにやら言い訳するように、襟足《えりあし》をばさばさやる。

「っべー……あ！　そろそろお目当てのアーティスト来ちゃうから俺行くわ！」

言うが早いか、戸部はすたこらさっさと駆け出した。その背中に一色が怒号を浴びせる。

「あ、ちょ、なに逃げてんですか！」

「っべー！」

言い捨てて逃げていく戸部の素早さは、危機察知能力だけがやたら高い、ハリウッド映画で最後まで生き残る面白陽気キャラの動きだ。

一色ははーっと大きくため息を吐《つ》くと、気持ちを切り替えるようにぱんっと手を打った。

「はい！　話の続きは今度にするとして！　わたしたちも、そろそろ休憩終わりにしましょうか！」

殊更に元気よく言って、一色《いっしき》が雪ノ下《ゆきのした》と由比ヶ浜《ゆいがはま》の間に割って入る。ぼちぼちフェスも後半戦に差し掛かる。休憩を切り上げるにはこのタイミングがちょうどいいだろう。

というわけで、一色の提案に全力で乗っかる俺。

「そ、そうだな。時間もアレだしな」

言うと、由比ヶ浜と雪ノ下はちらと時計に目をやった。そして、再び見つめ合うと、ふっと温かな微笑《ほほえ》みを交わす。

ひりついた空気が一気に弛緩《しかん》すると、由比ヶ浜がぐっと伸びをして、元気な声で言った。

「だね！　フェスももうすぐクライマックスだし！」

「……では、後半も盛り上がっていきましょうか」

「おー！」

雪ノ下が静かに笑《え》みながら言えば、小町《こまち》は高々と拳《こぶし》を突き上げる。

それを合図に、俺たちは休憩スペースを後にし、フロアへと向かい始めた。

たっぷり休憩したおかげか、はたまたフェスのクライマックスに心躍っているからか、彼女たちの足取りは軽い。

俺の数歩前を先んじて歩く姿に、フロアから漏れる光が重なって、その目映《まばゆ》さに思わず目を細めた。

長く伸びた影は一つ所に留まることはないけれど、ゆらゆら揺れて、淡く滲《にじ》んで、かすんでいくけれど、それでも確かに重なりあっている。

それを見た瞬間、俺の足は止まってしまった。少しでも長く、見ていたいだなんて、柄にもなく思ってしまったせいで。

「比企谷《ひきがや》くん、何しているの？　置いていくわよ」

「ヒッキー、早く早く！」

立ち止まった俺を訝《いぶか》しむように、雪ノ下が振り返った。その隣で由比ヶ浜がぶんぶん大きく手を振っている。

「先輩、おっそーい」

「お兄ちゃん、行こう行こう！」

一色はぶんむくれてジト目を向け、小町はぴょんぴょん跳ねて俺を手招いていた。

はたして、彼女たちが揃《そろ》った姿を、俺はあと何度見ることができるだろうか。

残された時間はあとわずか。いずれ季節が巡り、再びの春が訪れるころにはあえかな別れが待っている。

祭りの時間もやがて終わるのだ。

いつか終わるからこそ、祭りは祭りたりえる。

逆説的に、いつか終わるものはすべて祭りと言えよう。

であるならば――。

なんてことない日常さえも、祭りのひとつ。

俺たちのフェスに他ならない。

たぶんきっと、一生に一度、一期一会とも呼ぶべき、唯一性を持つ最高の体験だ。

昔の人は言いました。

千葉の名物、祭りと踊り。踊る阿呆《あほう》に見る阿呆、同じ阿呆なら踊らにゃシンガッソーン。

いやまったく実に至言。

俺はふっと口の中でだけ小さく笑う。

「ああ、今行く」

そして、俺はヘッドライナーが待つフェスのラストへ。

最高のクライマックスを見届けに、彼女たちの待つフロアへと歩き出した。

4

さりげなく、なにげなく、一色いろはは未来を紡ぐ。

中庭の片隅に、桜の花びらが蟠《わだかま》っていた。

ちょうど四月も折り返しを過ぎたところだ。

時の移ろいに合わせて、木漏れ日の色も変わりつつある。そよと吹く薫風に揺られるたび、目映《まばゆ》いほどに鮮やかな緑が過ぎ行く季節に手を振っていた。

既に葉桜となった枝先を眺めながら、俺は自販機のボタンを押す。

わざわざ手元に視線をやらずとも、指先は自然といつもと同じ銘柄の缶コーヒーに伸びている。がしゃりと落ちたそれを手に、ふらりと、校舎中庭のベンチへと向かった。

授業と授業の隙間時間、わずか10分の休憩のために、わざわざ外へ出てくる奴はいない。

今、この瞬間、中庭は俺だけのもの、比企谷八幡《ひきがやはちまん》のプライベート空間だ。俺だけのものすぎて、下手《へた》すると、比企谷八幡名義で固定資産税が課税されるレベル。ほんともう税金高すぎだろ、マジで……。せめて消費税下げてくれたりしないんですかね？

などと、政治経済への興味関心をアピールすることでゆくゆくは千葉県知事の座を狙《ねら》いながら、俺はマッ缶をぎゅっと握りしめる。

人生は苦いから、コーヒーくらいは甘くていい……。

この後思うさま自分を甘やかせる喜びに震《ふる》え、ベンチの中央にでんと鎮座ましましひとり悦に入っていると、きゃいきゃいはしゃぐ声が近づいてきた。

どうやら誰かが俺のプライベート空間に踏み入ってきたらしい。おいマジかよ誰だよ固定資産税払えよと、訝《いぶか》るようにそちらを見やる。

視線の先には、渡り廊下を歩く数人の女子生徒。移動教室の帰りだろうか、大変賑々《にぎにぎ》しく雑談しながら本校舎の方へと戻っていく。

その数人の中で、亜麻色《あまいろ》の髪がふと目を引いた。

ふわっとした髪はキューティクルも相まって日差しを浴びてきらきらと輝き、くりっとした大きな瞳は小動物めいて愛らしい。制服もちょっぴりとだけ着崩しており、たるっと余らせたカーディガンの袖《そで》口を控えめに握りこんだその仕草は見慣れていても、可愛《かわい》らしいと思ってしまう。

まぁ、仕草に限らず、そもそもが可愛らしいのだ。

一色《いっしき》いろはという女の子は。

部室や生徒会室でのぞんざいな態度に見慣れてしまっているから、ついつい忘れがちだが、こうしてお友達と一緒にいる姿を見ると、改めてそう思う。

存外、新しいクラスではうまくやっているようだ。よかったよかった……。

などと、親戚おじさん目線でいたせいか、俺はまじまじと見すぎてしまっていたらしい。向こうも俺の存在に気づいて、ふと目が合ってしまった。

一色《いっしき》が無言のままに、「あ」と口を開く。いや、もしかしたら「げ」かもしれない。

けれど、表情に驚きが滲《にじ》んだのはその一瞬だけで、一色はすぐに取り繕うようにほのかに笑《え》むと、指先がわずかに覗《のぞ》く程度に袖《そで》を余らせたカーディガンでもって、胸の前で小さく手を振ってきた。

こっそりと、周りの人に見られないようにと、秘密めかしたその手ぶりと微笑《ほほえ》みは、逢引のサインみたいで無性に気恥ずかしい。

どんなリアクションを返すべきか判じかね、頷《うなず》きとも会釈《えしゃく》ともつかない程度の目礼を返すことくらいしかできない。へどもどしているうちに、一色は友人たちとの雑談に戻ってしまい、そのまま本校舎へと消えていった。

それを見送ってから、俺は重く湿ったため息を吐《つ》いて、空を仰ぐ。

今の、どうやって反応すべきだった？　なんか無視したみたいになってない？　手を振り返すべきだった？　いや、それも気持ち悪いな。会釈？　会釈か？　一色ひとりだったらそれもありだが、周りに他の人がいるとなると、ちょっと行動は変わってくる。それとも空欠伸《あくび》で見てない振り決め込むべきだった？　いずれにしても、意識しちゃってるのがもう気持ち悪いですよね！　だめだ！　もう最初から詰んでた！

再び俺のプライベート空間へと変わった中庭で、瞼《まぶた》を閉じて、一人反省会することしきり。口をつけることなく、握ったままのマッ缶も心なしか温んできたころ、ざりっと砂を踏む音がした。

「せーんぱいっ」

甘やかな声音《こわね》で軽やかに声をかけられ、そちらに顔を向ける。

瞬間、ひやりとした柔らかな感触が頬《ほお》にあたった。驚きに身を仰《の》け反《ぞ》らせると、先ほど通り過ぎたはずの一色いろはがすぐそばに立っていた。『い・ろ・は・す』のペットボトルを手ににこりといたずらっぽく微笑む。ははぁん、さてはこいつキャンペーンガールだな？　それくらい可愛《かわい》いんですけど、なにこれ可愛い。

「お、おう……。なに、どしたの」

動揺を抑えつつ、教室戻ったんじゃないのかと言外に問うた。すると、一色はすとんとベンチに腰を下ろして、あっけらかんと言った。

「生徒会室寄るって言って抜けてきちゃいました」

「ほーん……」

言う割りに、一色が生徒会室へ向かう素振りはない。代わりに、手にしていたペットボトルをおでこにあてると、ふーっと疲れたようなため息を吐いた。

「お手洗いとか飲み物買うとか言うと、みんなわらわらついてきちゃうんですよねー」

言いながら、一色《いっしき》は手にしていたペットボトルをふりふりする。どうやらその『い・ろ・は・す』はお友達と別れる口実に買ったものらしい。

「まぁ、新学期は特にそういうもんかもな。何かと集団行動することになるし」

ほーんと俺が相槌《あいづち》を打っていると、一色もまたうんと頷《うなず》き、そのついでに拳《こぶし》一つ分だけこちらに詰めてくる。

「ですねー。だから、生徒会って言えると、便利なんですよ、……こういう時は」

「確かにそういう時には使える言い訳だな、わかるわかる」

この学校において、生徒会長という属性は一色いろはだけが持ちうるものだ。したがって、一人でゆっくりしたいときにはそれを持ち出せばいい。なるほど便利便利。

うんうん頷いていると、一色はしらっとした目で俺を見ていた。

「ほんとにわかってます?」

「わかるわかる。外打ち合わせの帰りとか、初対面の人と方向が一緒だったりすると、あまりの気まずさに『あ、この後別件あるんで、ここで……』とか大嘘《うそ》ぶっこいて撒きにかかるのと同じだな」

「はぁ、全然違いますけど……」

心底呆《あき》れ切った様子で、一色は薄いため息を吐《つ》く。胸元に軽く手を添えると少し体を傾けて、俺の顔を覗《のぞ》き込んできた。

「そうじゃなくて……」

一色はそこで言葉を区切ると、内緒話のように俺の耳元に唇を寄せて、小さな声で囁《ささや》いた。

「……〝こういう時〟です」

他に誰がいるわけでもないのに、ことさら秘密めかした可憐な声音《こわね》はほんの一瞬、耳朶《じだ》を甘噛《が》む。

「な、なるほどね、それな。こういう時な。はい、で、結局何、どしたの、なんか用だった？」

フローラルな香りとこそばゆさから逃げるように俺が上半身を仰《の》け反《ぞ》らせながら早口で適当な誤魔化しを並べ立てると、一色もぱっと離れた。

「別に用はないですけど……。ていうか、先輩がこっち見てたんじゃないですか。だから、来いってことかと。手振っても無視するし」

「あそこでなんかリアクションするの無理だろ……。変に反応したところ見られて、友達に噂《うわさ》とかされると恥ずかしいし……」

「は？」

往年の名作ゲームヒロイン張りの可愛《かわい》らしい照れくささはにかむムーブを決めたというのに、一色は真顔だった。うーん、世代が違うから通じないかぁー。先輩友達いないじゃないですかーみたいな返しもなく、マジ真顔。

いつだかもこんなやりとりをしたなーと不意に懐かしくなり、俺が笑《え》み含みの吐息を漏らすと、一方の一色《いっしき》は呆《あき》れたようなため息を吐《つ》いた。

「まぁ、でもいますよね。用がないと喋らない男子。逆に言うと、話しかけるためだけに無理やり用件作って何かと絡んでこようとする男子」

「おいやめろ、きっかけがあれば頑張れる奴だっているんだやめろ」

止めようとしたものの、一色は聞いちゃいない。

「テストの範囲とかわざわざわたしに聞かなくてもそこらの友達に聞けばいいのにって思ってると、そこから無限にＬＩＮＥ続けようとするんで、即寝たフリしちゃいますよねー？」

「やめろやめろやめて。俺をはじめとする中高生男子の柔らかい場所を突くのはやめて。小さなアクションが世界を変えることだってあるんだ……、俺はそう信じている……」

何事もそうだ。毎日のツイストで世界は変えられる。世界を変えさせておくれよ……。ミラクルをキミとおこしたいんです……。

はるか遠くを眺めながら心中ぶつくさ祈りの言葉を紡《つむ》ぐ俺を、一色はしらーっとした目つきで見ていたが、そのうち仕方ないなぁと苦笑した。

「教室でもそんな感じなんですか？　クラス替えしたばっかりなのに」

「まぁな。というか、俺に限らずだが、そもそも三年になると、ある程度は見知った連中だから、積極的に新しい人間関係構築しようって雰囲気にはならないんだ。だから特に人と喋る必要がない」

あくまで傍で見ている感想に過ぎないが、俺の所見を述べると、一色はふむふむ頷《うなず》く。

「なるほど……。まあ、もう三年ですもんね」

「そうなんだよ、三年なんだよ。……だから、今度は別の問題が起こってくる」

いやに重々しい口調で言い添えると、一色がはてと小首を傾《かし》げた。こてんと首を曲げると、亜麻色《あまいろ》の髪がさらと流れて、白い喉元へとかかる。色付きリップが塗られた唇に触れた髪の毛を指先で掬い上げながら、一色は無言で言葉の続きを問うてきた。

俺はおもむろに腕を組むと、いやに重っ苦しい声で続ける。

「なんでもかんでも、『高校最後の』って言いだす奴がいて、それがちょっと鬱陶《うっとう》しい……」

この手の言説の厄介《やっかい》なところは必ずしも間違っていない点だ。確かに、今この瞬間でさえ、俺にとっては高校生活最後のナニカだと言える。

何かっちゃあ『高校最後の』という枕詞をつけたがる気持ちもわからなくはないが、そんなこと言ってたら、毎日が記念日になってしまう。さては俵万智《たわらまち》だなオメー。

我《われ》知らず、声音《こわね》にはうんざりしたニュアンスがかなり強く滲《にじ》んでいたようだ。聞いている一色も頬《ほお》を引きつらせている。

「あー、付き合いたてカップルのなんとか記念みたいな……」

「そうそう」

「確かにちょっと鬱陶しいですね……。そんなのＳＮＳに投稿されても、『ちっうっせーなそんなの知らねーよ』って思いながらイイネ押すしかないですもんね〜」

「そ、そうそう……」

順調に相槌《あいづち》を打っていたはずの俺だが、不意に詰まってしまった。そっか、いろはすは内心ではイヤイヤながらも、ちゃんとイイネ！押してくれる子なんだな。優しいなぁ……。記念日云々《うんぬん》についてSNSに投稿する予定はまったくないが、俺も人を嫌な気持ちにさせないように気を付けようと思いました。

しかし、俺とて人の子。記念日を大事にする感覚はわからんでもない。誰にだって一つや二つ、覚えておきたい日付というのがあるものだ。とるに足らない些細《ささい》な一日も誰かにとってはかけがえのないアニバーサリーであったりする。

たとえば、誕生日なんてその最たるものだ。

思い至って、俺は傍《かたわ》ら、ベンチに置きっぱなしにしていたマッ缶を手に取り、すっと一色《いっしき》の方へ差し出した。

「これ飲むか？」

「は？　いや、いきなり飲みかけ渡すとか犯罪そのものですけど」

一色はすすすっとベンチの端まで滑り下がり、両手を胸の前に掲げて完全防御の姿勢に入っている。

「まだ飲んでないし……。見て？　このまっさらなタブ。綺麗《きれい》だろ？　これ未開封なんだぜ？」

証拠とばかりに缶をぶんぶん振って身の潔白をアピールした。すると、一色も納得したのか、じりじりと元居た位置へと戻ってくる。そして、おっかなびっくりで俺からマッ缶を受け取ろうと手を伸ばした。

「はぁ、まぁ、どうも……。じゃあ、一応いただきます。飲むかどうかはちょっと自信ないんですけど……」

めちゃめちゃ正直だなこの子……。しかし、渋々ながらも人の厚意を無碍《むげ》にはしまいとするとこ、いいと思う。

「誕生日、おめでとさん」

俺は苦笑交じりにそう言って、一色の手にマッ缶を握らせた。

だが、一色からの応答はない。彼女は両手で押し包むようにして持ったマッ缶を呆然《ぼうぜん》と見つめていた。

「…………」

呆けた表情でぱちくり瞬《まばた》き、声のない吐息だけが漏れ聞こえてくる。

どした？　と視線で問うと、一色ははっと我《われ》に返り、前髪をせっせといじり始めた。

「……お、覚えてたんですね。何も言わないからてっきり忘れてるのかと思ってました」

「いや、言うタイミングがなかったからな……」

一色の姿を視認した時は距離が離れすぎていたし、言葉を交わす段に至ってはびっくりペットボトル攻撃でそれどころじゃなかったし……。

そも、一色《いっしき》いろはの誕生日は忘れようがない。以前からことあるごとに謎アピールをされていたし、何より、ここ数日、俺が属する奉仕部では、その話題でもちきりだった。なんでも今日の放課後、部員揃《そろ》ってサプライズでお祝いするらしい。

だが、いかにサプライズを仕込んでいるとはいえ、顔を合わせた時でさえ、誕生日関連の話題を口にしないのも不自然に過ぎる。俺クラスの敏感選手権王者ともなると、『妙だな……。俺の誕生日なのに、誰もおめでとうって言わない……。ははぁん、さてはこれサプライズの予定があるな?』と即座に看破した末、そのまま何事もなく一日を終えたこともあるのだ。

ここで先んじてお祝いを言っておけば、一色の意識をサプライズへの期待や疑念から逸《そ》らすことができる。こうすれば、サプライズの効果は倍増するって寸法よ。我《われ》ながら惚《ほ》れ惚れするような名采配……。

などと、ひとり悦に入っていると、くいくいっと袖《そで》を引かれた。なんぞ? と見やれば、一色が唇を尖《とが》らせ、そっぽを向いている。

「缶コーヒー一本で済むようなお手軽な子じゃないですよ、わたし」

拗ねたような口調で、一色はぽしょぽしょと呟《つぶや》いた。

そんなことはわかってる。一応俺は俺でプレゼントを用意していてだな……と、言いたくなるのをぐっと飲み込む。それは放課後のサプライズに取っておかねば。

安い女ではないと言いつつも、一色がマッ缶を突き返してくるような素振りはなく、マッ缶はブレザーのポケットにしまわれていた。

代わりにすっと別の物が差し出される。

「……あの、これ、あげます」

「あ、それはどうも」

すいませんねいただいちゃって……と、俺が反射的に会釈《えしやく》して受け取ったのは、先ほどから一色が手にしていた『い・ろ・は・す』である。

「……え、なんで？」

手元から視線を上げて、一色を見る。相変わらず一色はそっぽを向いたままだったが、俺の問いかけには存外素直に答えてくれた。

「交換です……。コーヒーと、交換」

なるほど、わからん。なんでこの子、『い・ろ・は・す』くれたの？　俺がマッ缶あげたのは誕生日だからという理由がある。しかし、俺がものをいただく理由がとんと思いつかない。

「ほう……」

さてはわらしべ長者かな？　と、手元の『い・ろ・は・す』をしげしげ眺めて、首を捻《ひね》っていると、んんんっ！　と一色が大きく咳払《せきばら》いした。

そして、びしっと俺を指差すと、赤い頬《ほお》を誤魔化すようにぷくっと膨《ふく》らませていた。

「……交換ですからね！　だから、さっきのプレゼントは無効です！」

「ええ……」

プレゼントってそういうルールあったっけ？　贈り返せばチャラみたいなこと？　戸惑う俺をよそに、一色《いっしき》はさくさく話を進めていた。

「なので、プレゼントはまた今度ということで……。今週末とかどうですか？　わたし、暇じゃないですかー？」

「え、あ、いや、プレゼントは一応別の用意を検討していてだな……」

なんなら放課後に渡すつもりなんだけど……と言いたいのだが、サプライズであるがゆえにはっきりとは言えないジレンマ！

ぐぬぬっと言葉に詰まっていると、それをどう捉えたのか、一色はにっこり笑って、ベンチから身を乗り出した。

「プレゼントは言い訳ですよ」

俺の肩にそっと手を乗せると、もう片方の手は口元に。そして甘くとろけるような響きの声《こわ》音《ね》でもって、一色いろはは唇寄せて囁《ささや》いた。

何に対する言い訳だと、うすら寒いすっとぼけで問い返すよりその先に、一色はぱっと身を引き、なにもなかったようににっこり微笑《ほほえ》む。

俺のため息は始業を知らせるチャイムに紛れ、それと同時に一色が立ち上がった。その勢い

のまま、踵《きびす》を返して数歩行き、ひらとスカートなびかせ振り返る。

「じゃあ、週末、楽しみにしてますね！」

こちらの返事など聞くまでもないとばかりに、ひらりひら手を振ってそう言うと、一色《いっしき》は校舎へ向かって足を急がせた。

「お、おう……」

俺は届くはずもないと知りながら、遠ざかる背に向けて、戸惑い交じりの頷《うなず》きを返す他ない。なし崩しに週末の予定が決められていた。

いや、さすがはいろはす。

買ったペットボトルを１００％リサイクルして、さらに先々につなげていくとは恐れ入る。掌《てのひら》で転がされるどころかツイストさせられちゃってるよ……。

いつもと同じやり取りは、もう何度繰り返されたかわからない。以前と同じやり口のはずが、さらに進歩している感すらある。前よりもっとあざとく可愛《かわい》くスマートに。

さりげなくてなにげない、いつも通りの積み重ね。そのワンアクションが確かに心を揺らして、これから先の未来を紡《つむ》いでいく。

だから、やっぱり。

いろはす、最高なんだよなぁ……。

5

けれど、きっと彼女たちもまちがい続ける。

春も終わりに差し掛かり、初夏の匂いが漂い始めていた。

空中廊下から見下ろす中庭の木々も、枝の先に新緑を芽吹かせて、爽《さわ》やかな風にそよと揺れている。

白い花弁はどこぞへ消えて、葉桜と呼ぶにはいささか緑も濃くなると、ようやく入学ムードも落ち着いてきた。

これくらいの時期になると、生来の人付き合いの良さから上手に人間関係を築けた者、心機一転高校デビューを無事決められた者、あるいは、うまく馴染《なじ》めなかった者やあえて孤高を貫く者と明暗分かれる頃合いだろう。

もっとも、どちらが明でどちらが暗かは一概には言えない。

仮に、話し相手や、あるいは体育でペアを組む相手がいたとて、それが幸福なこととは限らないのだ。

誰かと関係を築くということはすなわち、その人が抱えているしがらみの一端に触れることである。

友人関係はその友達単体で完結するものではなく、望むと望まざるとにかかわらず『友達の友達』や『友達の恋人』や『友達が嫌いな奴』といった、自身とは若干遠い人間関係にも触れねばならない。

友達が仲良くしている人間を邪険にするわけにはいかないし、友達に彼女がいれば多少なりとも気を遣い、友達が嫌っている奴とは仲良くしづらいものだ。

そうした不自由さを知る者は、一人の方が気楽でいいと言うかもしれない。

かくいう俺も、新しいクラスでは、しがらみに雁字搦《がら》めにされているただなかにある。

五十音順で割り振られた出席番号のせいで、選択科目を除くほとんどの授業はだいたいいつも葉山隼人《はやまはやと》と並ぶはめになり、これがなんとも始末に困る。何が困るって、葉山とよく話す海老名《えびな》さんもちょくちょく近くに来るあたりが大変困る。

半端な知り合いほど対処に困る存在もいないのだ。

いや、葉山はさすがにちょっと慣れてきたからまだマシだ。

俺も葉山もお互い好き勝手なことを言いっ放しで、コミュケーションが成立するだなんてはなから期待してない。ろくろく相手の話を聞いちゃいないから、不意に沈黙が降りても特に気にならない。

結局相手のことを勝手にわかった気になって、双方一方通行の独り言を口にしているだけなのだから、会話と沈黙はほぼ同義。

そう考えればある意味逆に葉山《はやま》との会話は楽な部類なのだ。……でも、ふとした瞬間、海老名《えびな》さんと二人きりになってしまった時とかめっちゃ困るんですよね。

海老名さんはどこに地雷があるか全然わかんないから、急に黙ったりされると、「えぇ……、俺、なんか言ったたっけ……」って不安になっちゃうよね。そういうときばかりは、葉山くん！　早く来て！　って思ってしまう。

まぁ、葉山と海老名さんに関しては、高校二年時の経験則もあって、付き合い方に多少の心得はできた。

問題は葉山以外の人への応対である。

今更言わずもがなのことではあるが、葉山はなにかと耳目を集め、クラスの中心になりがちな人間だ。

休み時間はもちろん、体育等々の手持ち無沙汰《ぶさた》な瞬間が訪れやすい授業の時にはよく誰かしらと雑談していることが多い。

結果、出席番号の兼ね合いで近くにいる俺も、その輪の中に組み込まれがちだ。

新学期だから仲良くしようと張り切っていたのか、あるいはうちのクラスメイトは皆気立てがよろしいからなのか、一生地蔵タイムで黙っている俺を気遣って、葉山と話すついでとばかりに、俺にも話題を振ってくれたりする。

正直、名前と顔がいまいち一致しない人々相手に気づまりな瞬間を解消するだけの会話をするのは結構きついものがあるのだが、しかし俺とて人の子。他人の優しさを無碍《むげ》にするのは心苦しい。

なので、話を振られるたびにだいたいいつも「さぁ、どうだろ」「知らんけど」「すげぇな」「説明難しいな」「それな」のサ行を作業のごとくタイミングよく置いていくだけの、誰にでもできる会話術を駆使して、なんとか凌《しの》いでいる。

これをやると、大抵みんな「話、全然広がらねぇな……」と困った顔をするので、会話にならならないんだけど、みんなコミュ力低すぎない？　コミュ症相手に会話できて初めてコミュ強を名乗れるんだが？　就活までにはちゃんとできるようになって？

ともあれ、俺のクソみてぇな音ゲー感覚の会話は得てして空白域のような沈黙を生んでしまう。そこを埋めてくれるのが、葉山や海老名さんだ。

おかげで今や俺はクラス内で『葉山と海老名さんに介護されている人』という確固たるポジションを築くに至った。

クラス分けガチャにおいてリセマラ不可の大爆死を引いた割りに、存外順調な滑り出しだと言えよう。ハードル低いなぁ……。

高校生活も三年目に差し掛かると、クラスメイトとの関係に特にこれといった期待をするようなこともない。

世はなべてこともなし、大過なく過ぎてくれればそれでいいという一種の悟りにも似た諦めの境地にある。

だが、それはあくまですれっからしに世間擦れした者の意見にすぎない。

翻《ひるがえ》って新入生の諸君はどうだろうか。

そう考えると、俄然気になってくるのが、我が妹、比企谷小町《ひきがやこまち》の新生活である。

この春をもって、総武《そうぶ》高校に入学し、晴れて俺の後輩となった小町だが、その学校生活の全貌はようとして知れない。

無論、部室では顔を合わせているし、家でもなにくれとなく話はしていても、クラスでの立ち回りに関しては俺が把握できるものではない。

春休みには、ウキウキで制服に袖《そで》を通して一人ファッションショーをし、入学後も俺と一緒にルンルンで通学していた小町だが、ここ最近はそうした浮き足立った感じもだいぶ落ち着いてきた印象だ。

いかな新しい日々とて日一日と過ごすごとに、知らず知らずのうちにその鮮やかさは穏やかさへと変わっていく。

ことに、高校生活のように、一つところに押し込められて、クラスメイトと毎日顔を合わせていれば、おぼろげながらも名前くらいは覚えるし、繰り広げられる会話の端々や、あるいは休み時間の行動範囲でそれぞれの生息域を把握するものだ。

一か月やそこらも経つと、表面的なキャラクターや、教室内での立ち位置もなんとなくわかってきて、おおよその人間関係が固まり始めてくる。

コミュ力がやたらに高い小町のことだからさして心配はしていないが、それでも気になってしまうのが兄というもの。

はてさて、小町は一体どんな風に学校生活を送っているのかしらと、そんなことを考えながら奉仕部へと向かう。

部室の扉に指をかけ、からりと開ければ、そこには頬杖《ほおづえ》ついて窓の外をぼんやり見つめる小町がいる。

机には、再来週に押し迫った中間考査に向けたテスト勉強なのか、はたまた単なる暇つぶしなのか、教科書とノートが広げられていたが、その手にシャーペンは握られておらずノートの上で寂しげに転がっていた。

がたぴし鳴るドアの音に振り返ると、小町はそれまでの物憂げな表情を収めて、にこぱっと微笑《ほほえ》む。

「おー、お兄ちゃん」

「おお、早いな」

言いつつ、俺はいつのまにやら定位置となった自席へ向かう。

「まぁ、小町が来ないとカギ開かないしね」

小町《こまち》は軽く肩を竦《すく》めて、ふっと笑《え》み含みの息を漏らすと、転がしていたシャーペンを手に、ぱさりとノートをめくり、勉強を再開した。

奉仕部が新体制となって、かれこれひと月近くが経つ。

部長の座とともに鍵《かぎ》の開け閉めも小町の役割となったが、小町はそれを過不足なく務めているといっていい。毎度毎度部室に一番乗りするあたりは実によくやっている。

思えば、先代部長である雪ノ下《ゆきのした》も、誰より早く部室に来ていたものだが、その生真面目さは次代にちゃんと受け継がれているようだ。

と、その雪ノ下で思い出した。

「今日、雪ノ下と由比ヶ浜《ゆいがはま》来ないって」

「うん、聞いてる」

俺が言うと、小町は教科書から顔も上げずに答える。

「あ、そう……」

まぁ、一応部長だし、その手の連絡はされているのだろう。二人の欠席理由を聞くでもなく、小町はかりかりとシャーペンを走らせていた。

いやまぁ、二人が今日休んでいる理由を俺に聞かれても困るからいいんだけど。

なんせ、ことはサプライズに絡んでいる。

小町が奉仕部の部長に就任して、約一か月。この新体制にもぼちぼち慣れてきた今日この

頃。雪ノ下と由比ヶ浜、二人の発案で、部長就任を祝うプレゼントを贈らないかと、まぁそんな話が出た。

お祝いやら記念やらのプレゼントくらい普通に贈れよ……と思わなくもないが、しかし、なんてことない日だからこそ、サプライズはより効果的に働くのかもしれない。

誕生日は無論のこと、節目節目のタイミングはついついなにかあるのかなーと考えてしまいがちだ。定年退職で最終出社日のおじさんとか花束もらえる気満々だもんな。

それでいえば、きっちり一か月という訳でもない今の時期にプレゼントがもらえるとはさしもの小町《こまち》も思うまい。

不意打ちを最大限生かすためには、小町に怪しまれないことが肝要。さすがにね、三人揃《そろ》って出かけると、なんかあんのかなと思われちゃうからね。俺は小町に怪しまれないアリバイ作りとしてここにいる。

なので、誤魔化す手間が省けたのは歓迎すべきことだ。小町相手では俺もうまく誤魔化せる気がしない。あるいは、その点を考慮に入れて、雪ノ下と由比ヶ浜は連絡を入れておいてくれたのかもしれない。

ともあれ、所用があって雪ノ下と由比ヶ浜は二人揃ってお休みなので、今日の部活動は俺と小町の二人きり。

しんと静まり返った部室に、シャーペンの音がやけに響く。

家では二人でいることが多いし、とりたてて会話をせず、ひたすら猫を撫《な》でているだけの時間を過ごすこともしばしばあるのに、今はその静けさが無性に気にかかる。

これまで、部室で二人きりというシチュエーションがあまりなかったからだろうか。どうにも妙な緊張感がある。

ありていに言ってしまえば、なんだか照れてしまいますね……。おかげで普段はまったくしないのに、机の上に参考書広げたりなんかしちゃって。

俺も小町に倣《なら》って勉強でもするかとシャーペンの頭をカチカチノックして、ノートにさらさら問題集の解答を書き進める。

つい忘れてしまうというか、忘れてしまいたくなるが、俺もこう見えて受験生だ。隙間時間にちょこちょこ受験勉強を進めていかねばならない。

しばしの間、俺と小町のシャーペンが軽快な音を立て、控えめなアンサンブルを奏でる。

が、その手がやがて止まる。

小町と二人揃って勉強なんて、家でだってやらないのだ。どうしたって、はす向かいに座る存在は気にかかる。

俺はかつかつシャーペンの先をノートに叩《たた》きつけて考えるふりをしながら、ちらと小町の様子を窺《うかが》う。

少しばかり袖《そで》の余ったブレザー、襟元《えりもと》の第一ボタンが開けられたブラウス、それを緩《ゆる》く締め

ている リボン。

入学からひと月経って、ようやく見慣れてきた制服姿をしげしげと眺める。

ふむ……。

改めて見ると、こいつ、うちの制服なかなか似合ってるな。我が妹ながら、控えめに言ってもハイパー可愛《かわい》い。

少女然としたあどけなさを残しつつも、前髪を留めるヘアピンの遊び心とちょっと着崩しているあたりに活発さがあり、屈託のない明るさを感じさせる。

きっと、クラスでも人気者であるに違いない。おそらく男子連中が定期的に開催するであろう『うちのクラスで一番可愛い子ダービー』では、「一番人気はもちろんこの娘、ヒキガヤコマチ」「私が一番期待しているクラスメイト、気合い入れてほしいですね!」なんて会話が繰り広げられ、下馬評では◎が三つ並んでいることだろう。は? なに、うちの妹そんな目で見ちゃってるの? 殺すよ? (暗黒微笑)。

などと、俺が思っているとは露知らず、小町《こまち》は教科書を読み読み、ふむふむと頷《うなず》いては、頭頂部のアホ毛をぴょこぴょこ揺らしている。

はらと流れる髪を耳に掛け、そのついでに赤ペンを耳に挟むと、蛍光マーカーできゅっと線を引く。それを確認するように、マーカーをぷにっと頰《ほお》に当て、小首を傾《かし》げた。

と、俺の視線を感じでもしたのか、小町がちらと俺を見る。そして、ちょっと嫌そうな顔で口を開いた。

「なに？」

「別に」

言いつつ、俺は顎《あご》先だけで首を振る。いや、ほんと、なんでもない。ブラウスのボタンはちゃんと閉めなさいと言いたいところだったが、そこまで口うるさく言うと、嫌がられてしまうからな……。

俺の返事に小町はふすっと不満げに鼻を鳴らし、また教科書へと視線を落とした。

それきり会話はなくなって、代わりに、きゅっとマーカーを引く音や、シャッと赤ペンが丸をつける音、そして手持ち無沙汰《ぶさた》に呻《うめ》く俺の唸《うな》り声がする。

実際に制服姿で勉強をしている小町を見ていると、やはり気になるのは教室での小町だ。授業もこんな感じで受けてるのかしらん。

さながら授業参観気分になってしまうと、父親気分が鎌首をもたげてくる。俺はげふんげふんと咳払《せきばら》いして、参考書をばさりと広げた。

「……どうだ、学校は」

重々しい雰囲気を作って、もったいつけた割りに、簡素に過ぎる言葉。ぽつりと呟《つぶや》く声はどこへ向けられてるともしれず、視線も合うことはない。

その仕草も言い草も、差し詰め食卓で新聞紙を広げ、思春期の息子に話しかける昭和の父親像みたいだった。……昭和の親父、コミュ症すぎでは？

これには言われた小町《こまち》もきょとんとするほかない。そして、ふっと呆《あき》れたように微苦笑を浮かべた。

「なにそれ。お父さん？　ていうか、同じ学校でしょうが」

「や、まぁ、ほら、部室では顔合わせるけど、教室とかまではわかんないから」

親父と同列に語られることはいささか不満があるが、本当は『友達出来た？』とか『彼氏できそう？』とか、多少踏み込んだ話を聞きそうだったので、親父呼ばわりされてもしょうがねぇな！

だが、その手の質問は自分が親に聞かれるたびに「放っておいてほしい……」と切に願ったものだ。踏みとどまった自分を褒《ほ》めてやりたい。

そんな俺の想いが通じたか、小町はふむと腕組みして、真面目に考えようとしてくれる。

「うーん……、まぁ、そうねぇ」

首を捻《ひね》り、むむむっと唸《うな》っていたが、やがてぱっと顔を上げると、めっちゃ真顔で答えてくれた。

「普通」

「そうか……」

まぁ、そう答えるしかないよな。俺だって親に聞かれたらそう答える。

学校をはじめとした交友関係をわざわざ事細かに説明するのは面倒だし、さりとて心配をかけるのも本意ではなく、また面と向かって親とそんな話をするのも気恥ずかしい。

結果、使う言葉は「まぁ」「別に」「普通」の三つに限られてくるものだ。

うんうん、わかるわかる。

けど、わかっているのに、それでも心配で聞かずにはいられない。過干渉と不干渉のはざまで揺れる親心を今更ながらに知る今日この頃です。

昔は「聞いて聞いて！」「あのね、小町ね……」となにくれとなく報告してきたものだが、小町もいつのまにやら大きくなったんだねぇ、もう立派な思春期だねぇと、勝手にほろりとしていると、小町は真顔でぶんぶん手を振っている。

「いやいや、反抗期とかでなく。ほんと普通なんだって。普通に友達いるし、普通に授業ついていけてるし、普通に楽しい。だから、まぁ、普通？」

そう話す小町の表情は至ってフラット、まさしく普通。その顔色や口ぶりからは何かを取り繕っている様子も誤魔化している感じも見受けられない。

取り立てて不平不満、あるいは不安も特になく、日々平穏に過ごしているのだろう。平穏すぎるが故に、それを説明するには普通という言葉を使わざるを得ないかもしれない。そう言われれば、俺も納得するほかない。

「あ、そう……」

ならいいけど、と俺が言うと、小町《こまち》がこくりと頷《うなず》く。

「うん。ていうか、反抗期なの、お兄ちゃんだけだから。小町、学校のこと普通にお母さんと話すし」

「ほーん……。……親父は？」

「えへへ。お父さん忙しいから」

聞くと、小町は可愛《かわい》く笑って誤魔化した。

しかし、あながちまったくの嘘《うそ》という訳でもない。実際、父は連日連夜忙しく働いているので、生活時間帯があまり重ならないのは確かだ。休みの日は俺も親父も一生寝てるので、結局飯時くらいしか顔を合わせることがない。いや、まぁ、それを言ったらおかんも忙しいのだが。両親ともに「社畜☆☆☆」の因子を持っているので、このままだと俺にもそれが継承されてしまう。

などと、俺が震《ふる》えていると、小町がけぷんと咳払《せきばら》いし、びしっと俺を指差す。

「ていうか、お兄ちゃんもお父さんと話さないでしょ」

「そんなことはない。金くれって話はいつもしてる」

「ぇぇ……。それは小町よりひどいのでは……」

胸を張って言うと、小町にめっちゃドン引きされてしまった。しかし、バイトもままならぬ受験生の身では致し方ないことなのだ。

何かと物入りな立場を存分に利用し、参考書を買うとか模試を受けるとか、適当な理由をつけては小銭をせびるのが、今の俺のメイン収入源となっている。

「でも、親父と共通の話題ってそれくらいしかないからしょうがなくない？」

「寂しい親子関係だなぁ……。親子なのに、わざわざ共通の話題を探してしまうあたりが特に寂しい……」

小町は悲しげに呟《つぶや》き、憐《あわ》れむような眼差《まなざ》しを向けてきた。

「いや、父と息子ってそんなもんだろ、知らんけど。金の話と、あとは『シン・エヴァ』の感想くらいしか話すことがない」

「うーん……、小町が思ってるよりだいぶ仲良いな、この親子……」

先ほどまで哀切に満ちていた小町の表情が今は困惑交じりの苦笑に変わっていた。なんならちょっと引いている。

うんまぁ、引かれても仕方ないな……。俺も親父も感想を語る段には「ありがとう……」しか言えなくなってて、ほとんど会話らしい会話にはなっていなかったし……。男二人、互いに視線も合わさず虚空《こくう》を見つめて「ありがとう……」と口々に言い合っている姿は、傍から見たら恐怖でしかないだろう。

まぁ、親父はともかく、おかんとは学校のことを話しているのなら、さしたる問題はないのだろう。

小町《こまち》自身が言うように、普通に、大過なく、つつがなく、なべてこともなく、学校生活を送っているのだ。

「……まぁ、特に問題ないならいい」

「うん」

俺が言うと、小町は頷《うなず》きを返してまた教科書と向かい合った。

その姿を俺はぼんやり見る。

開け放した窓からは気持ちのいい風が吹き込んでいる。

遠く、グラウンドから檄《げき》を飛ばす運動部の威勢のいい掛け声や、調子っぱずれなブラスバンドの音色が聞こえてきた。

どうやら、どこの部活も新入部員が入ってきているらしい。放課後のメロディは以前よりも不揃《ぞろ》いで、しかし、その分だけ活気に満ちているように感じられる。

今はまだ不協和音でしかないが、きっと日を追うごとに呼吸が合い始め、いずれはノスタルジーを誘う美しい劇伴へと変わるのだろう。

窓の外から響く音に耳を澄ませ、俺は首を巡らせ、部室を見やる。

かりかりとシャーペンが走る音と、たまにひらとページを繰る音だけがする静かな部室。

こんな広かったかなと、郷愁にも似た想いを抱きながら、俺ははす向かいに座る小町をしげしげと眺める。

俺と小町の二人きり。

他には誰もいない部室の中心で、小町は他ごとに気を取られる様子もなく、黙々と教科書を読んでいる。

その姿はちょうど一年前のこの部室で見た光景に似通っていた。

斜陽の中で本を読む少女。

それはいつかの彼女を彷彿《ほうふつ》とさせる。

あの日、俺がここへ連れて来られていなければ、彼女は今も変わらずこの部室で一人本を読んでいたのだろうか。

なんて、意味のない想像だ。

もしもの話を考えてみたところで、時間が巻き戻るわけでなし。

仮にやり直せるにしたって、この記憶を持ち越せないなら、やはり結果は変わらない。

結局、俺はこの部室に連れて来られていただろう。

だからこの想像に意味はないのだ。

けれど、あえて意味を見出《みい》だすとすれば。

その想像はいつかの小町の姿を示唆《しさ》するものだといえる。

俺がこの部室にいられる時間はもう残り僅か。

あと一年と経たず、卒業を迎える。

そうして俺たちが去った後も、この子はこうして、なんてことない放課後を一人で過ごすのだろうか。

彼女たちのいない、紅茶の香りもしないこの部屋で。

それを思うと、無性に胸が締め付けられる。

いずれそうなるとわかっていたつもりだったのに、こうして小町《こまち》が部室に一人でいる姿を見るまで実感を持てずにいた。

「小町」

声をかけると、小町はぱっと顔を上げ、なに？　と無言で小首を傾《かし》げる。

「新入部員、募集するか」

何の前置きもなしに言うと、小町はきょとんとし、目を瞬《しばたた》いた。やがて、その表情に驚きやら困惑やらが滲《にじ》んでくる。

「急になに……」

「や、他の部は新人入ってきてるだろ。……まぁ、うちにも後輩がいてもいいかなと」

先ほど抱いてしまった想像が胸に痛かったから、とは言えず、俺はなんとも歯切れの悪いことを言った。

そんな俺に小町はすーっと目を細めて怪訝《けげん》そうな眼差《まなざ》しを向けている。

「お兄ちゃん、そういうの面倒がるタイプでは？　大志《たいし》くんとかめっちゃ雑に扱ってるし」

「そんなことはない。俺は自分が上に立つ場合の上下関係は嫌いじゃない」

「最低の先輩だなぁ……」

胸を張る俺に小町はドン引きしていた。

「ていうか、大志はあれだから。後輩っていうより、川なんとかさんの弟とか京華《けいか》の兄って感じだから」

大志は確かに俺の後輩にあたるわけだが、入学以前から知っているだけに、今更後輩という感じがしない。

それこそ同じ部活に属するなどして、日常的に顔を合わせていれば、その関係値も更新されて、ちゃんと後輩として認識できるのだろうが、今のところは小町に近づくゴミムシという認識に留まっている。

……まぁ、さすがにゴミムシ云々《うんぬん》の話を持ち出すと、また小町にウザがられてしまうので、言わないけど。

そう思って言葉を飲んだのがよろしくなかったのか、小町はなおも訝《いぶか》しげに俺を見ている。が、金属バットの快音と音程の外れたトランペットが聞こえると、その視線をすっと窓の外へとやった。

「まぁ、小町も考えはしたんだけどねぇ……」

そして、薄いため息を吐《つ》く。

俺が心配するまでもなく、小町《こまち》も先々のことを考えてはいたらしい。よかった……と、安堵《あんど》したのもつかの間、小町はふむと腕組みすると、眉間《みけん》に皺《しわ》を寄せて渋面《じゅうめん》を作る。

「募集しようにも説明が難しいんだよね、この部活」

「あー……。それな」

これには思わず俺も頷《うなず》いてしまった。

実際、よその人からすればこの部活は謎に満ちていることだろう。

奉仕部と名乗っているくせに、奉仕活動、いわゆるボランティア活動に従事するわけでなし。最近じゃ、その活動内容は実質生徒会の下請けと化している。たまに持ち込まれる依頼やら相談やらも極めて私的なものばかりだから、第三者に説明するのは難しい。

野球やサッカー、ラグビーのように、甲子園や国立、花園といったわかりやすい目標があれば、また話は違うのだろうが、残念ながら『お悩み相談世界大会』なんてものはとんと聞いたことがない。

「奉仕部とか言われてもマジ何やる部って感じだよな」

以前、クリスマスイベントの準備で折本《おりもと》かおりと顔を合わせた時、めっちゃ爆笑されたことを思い出し、その時言われたことをまま口にした。

「うーん……。活動内容もだけど、他にもいろいろとね……」

小町は苦笑交じりに言うと、うんと頷き、仕切り直す。

「まぁ、面倒というか特殊な部活なので、無理に勧誘はしなくてもいいかなと。ほら、馴染《なじ》めないと結局辞めちゃうでしょ。お兄ちゃんのバイトみたいに」

「お、おう……。まぁ、そうだな……」

ぴっと人差し指を立ててふりふり言う小町の言葉は、俺という実例のおかげでとんでもない説得力を持っていた。俺クラスの黄金バックラーともなると、応募の電話をしただけで、その職場の雰囲気を感じとり、面接をバックレるレベル。

そも、お賃金をいただけるアルバイトでさえ、バックレる奴が横行するのだから、ただ働きの部活動など、秒で来なくなってもおかしくない。

頑張って募集したところで、やめられてしまえば元の木阿弥。むしろ、勧誘のコストの分だけマイナスまである。

となると、ただ漫然と募集するだけでなく、辞めさせないための努力もしていかねばならないわけだ。

ほんとね、最近は社畜の皆さんも、新入社員に辞められないように頑張ってると聞きますもんね……。新入社員教育の際にも、人事から「新人を怒らないでください」って指示が来るとかなんとか。そんなことより、勤務体系と給料見直すほうが先では？　週休三日で年俸一本なら絶対辞めないいんだが？

などと、俺の将来に思いを馳《は》せている場合ではない。

ことは奉仕部の将来についてである。

まったくの第三者が、このわけわからん部活に馴染《なじ》めるかどうかは不確実に過ぎる。

であれば、最初から馴染んでいる人間、または馴染めそうな余地のある人間をスカウトしてくるのが手っ取り早い。

いわゆるヘッドハンティングである。

「小町《こまち》の友達はどうだ？　誰かご奉仕したがってる子いないの？」

「えぇ……。それもうメイドさんの募集だよ……。ていうか、小町も別に奉仕したいわけではないのですが……」

小町は口元をうぇぇと歪ませる。

奇遇だな、俺も奉仕精神など欠片《かけら》も持ち合わせていない。部長も部員も奉仕に興味ゼロとか、この部活、マジ何やる部？

などと一瞬考えこんでいると、小町もふむんと顎《あご》に手をやり、考える。

「けどまぁ、友達も難しいかなぁ。仲良い人はもう部活入ってるか、最初から帰宅部一択だったりするし」

「ほーん……。まぁ、今の時期だともう部活入ってるか」

言うと、小町は苦笑交じりに肩を竦《すく》める。

「まぁね」

入学からおおよそ一か月。

仮入部の時期もぼちぼち終わり、やる気のある一年生たちはそれぞれ己が志した部活動に邁進していることだろう。

しかし、奉仕部には仮入部だの部活見学だのといった連中はついぞ現れることがないまま、現在に至っている。

合同プロムからこっち、ずっと慌ただしかったこともあり、新入部員獲得の準備を何もしてこなかったのだから、仕方ないと言えば仕方ない。そも、奉仕部が存続するとは思っていなかったわけだし、準備のしようもなかった。

今からでも何かしたほうがいいのかしらんと頭を捻《ひね》っていると、当の小町はのほほんとしていた。

「まぁ、焦《あせ》ってもしょうがないし、しばらくはこのままでいいよ。部員についてはおいおい考えます」

「そう？」

ほんとにいいのだろうかと、懐疑的なニュアンスを多分に含んだ俺の言葉に小町はこくりと頷《うなず》いた。

「うん。……それに、この部屋を小町が独占するというのも悪くはない」

そして、にんまりと悪い顔をした。

「おお……、なんかそう聞くとちょっと羨《うらや》ましい感じがするな……」

「でしょでしょ？　学校にプライベートルームだよ、ＶＩＰだよ」

小町《こまち》はふふんと笑って、ウキウキ小躍りせんばかりにおどけてみせる。

だが、俺の脳裏にはどうしても先ほど抱いた想像がちらついて、その笑顔に一抹の寂しさを見出《みい》だしてしまう。

口ではそう言いつつも、小町が内心でどう思っているかはわからない。

けれど、この奉仕部を新たに作ったのは小町であり、その差配は小町の自由だ。あと一年と経たず、去って行く俺が口を挟むようなことではないのかもしれない。

ただ、できることならば、と。

俺は無意識のうちに、扉を見ていた。

できることなら、あの日のように。その扉をノックもせず、無遠慮にからりと開けてくれる存在が現れてほしいと。

ひどく手前勝手な願望だ。

しかし、不意にその戸ががたと揺れる。それに気づいた小町もそちらを見やると、扉はゆっくりと開かれた。

窓から廊下へ、爽《さわ》やかな薫風が吹き抜けていく。その風に亜麻色《あまいろ》の髪がふわと靡《なび》き、胸元のリボンがゆらと揺れる。

断りを入れるでもなく、勝手知ったる様子で部室に入ってきたのは一色《いっしき》いろはだった。

「おつかれでーす」

一色はがたぴし鳴るドアを後ろ手で閉めつつ、よっとばかりに指を二本立ててぴっと振る。

その姿を見て、小町がふっと脱力するような笑《え》みをこぼした。

×　×　×

一色いろはは生徒会長であり、かつサッカー部マネージャーである。

加えて言うのであれば、奉仕部の部員というわけではない。

だというのに、なんでか毎度毎度ここに来ますよね、君……。いや、まぁ、全然いいんだけど。クソ厄介《やっかい》な地雷案件を持ち込まない限りにおいては。

はてさて、今日はどんな御用ざんしょと見やれば、一色はいつのまにやら自分の椅子《いす》と定めた席に腰かけ、きょろきょろと部室を眺めまわしていた。

「……あのー、雪乃《ゆきの》先輩と結衣《ゆい》先輩は？　今日いないんですかー？」

そして、一色の視線は空席へと向けられる。

いつもならそこには雪ノ下《ゆきのした》と由比ヶ浜《ゆいがはま》が座っているのだが、生憎《あいにく》と今日はお休みをいただいている。

「なんか用あるっつってお休み」

「ですです、なので、今日は小町《こまち》と兄の二人体制です」

俺が答え、小町が追従すると、一色《いっしき》は顎《あご》に手を当てむむっと唸《うな》った。

「そうですか……。困ったな……」

「え、なに……。なんか問題あるの？」

もしや、また生徒会の無茶ぶりではと恐れながら聞くと、一色はにこぱっとした笑《え》みを浮かべ、しれっとなんぞ言いよった。

「いえ、お茶係がいないなぁと……」

「君、雪ノ下《ゆきのした》のことなんだと思ってるの？」

こいつ、奉仕部のことカフェかなんかだと思ってんじゃねぇだろうな……。俺が苦々しい顔で言うと、一色はてへぺろこつんとおでこに手をやり、ついでにぱちりとウインクして、舌を出して笑う。

「冗談です♪」

やだ、この子ったらあざと可愛《かわい》い～！　などと、その程度で今更誤魔化される俺ではない。いや、可愛いが。……可愛いが、それはそれとして、一色の用向きを伺わねばならない。いや、可愛いんだけどね？

「あ、じゃあ今日は小町がお茶淹れますね」

「お米ちゃん、ありがと～☆」

一色がうふふとしてやったりに笑いさざめくと、小町はいえいえと答えつつ、すっと立ち上がる。

それにしても、お米ちゃんっていうニックネーム普通に定着しているのね……。俺もうちではライスちゃんって呼んじゃおうかな！　でも、うちのライスちゃんはお兄さまとは呼んでくれないんですよね。

なんて思っている間にも、手際よくお茶の準備をするライスちゃん。

しかし、そうしてお茶が出てくるのをただ漫然と待っているだけというのもなんだ。俺は一色をちらと見やり、で、何の用？　と、話の続きを促《うなが》す。先ほど、困ったなどと呟《つぶや》いたのだから、なんぞまた面倒ごとなのだろう。

俺の視線を受け止め、一色はけぷんと咳払《せきばら》い。

「一応、仕事っちゃ仕事で来てまして。ちょっとご相談があったんですよね～……」

一色は顎先に人差し指をやると、首を傾《かし》げてため息を吐《つ》く。その口ぶりと仕草から、言うか言うまいか悩んでいるのが見て取れる。

そして、一色の視線は空席へと向けられた。

ふむ。どんな相談かは知らんが、どうやら雪ノ下と由比ヶ浜《ゆいがはま》にも話を聞いてもらいたかったらしい。

であれば、また後日に出直してもらうしかないのだが……。と、俺が言うより先に、小町《こまち》が食いついた。

「ほう、相談とな」

小町の瞳はきらりと輝き、やる気に満ちている。

まぁ、相談だの依頼だのが来てこその奉仕部だ。ようやく奉仕部らしい活動ができるとあって、張り切っているのかもしれない。

小町は手早くお茶の準備を済ませ、電気ケトルのスイッチを入れると、いそいそと元居た席へと戻る。

そして、すっと一色《いっしき》の方へ体を向け、肩口に掛かる髪をさらりと手の甲で払った。

いや、手で払うほど髪長くねぇだろ……。とか思っていたら、小町は二度、三度と髪を払い、えらく落ち着いた微笑《ほほえ》みを湛《たた》える。

「では、お話を伺いましょう。どうぞ、掛けて」

と、これまた冷静ぶった声音《こわね》でもって言うと、すっと一色の席を手で示す。それに一色は口半開きで戸惑っていた。

「いやいや、わたしもう座ってるから。……ていうか、それ雪乃《ゆきの》先輩の真似？　ははっ、似てねー。……いや、微妙に似てるな」

一色の半笑いを撥《は》ね除けるように、小町はまた髪を払うと、その手を口元に当てる。

「小町は部長として振る舞っているだけなのだけれど。別に雪乃さんの真似ではないのだけれど」

「言う言う。『のだけれど』めっちゃ言う」

誇張しすぎた雪ノ下《ゆきのした》雪乃のモノマネに、一色はそれなーと指差して、くふふっと吹き出している。

ちょっと〜？　やめな〜？　そういうのよくないから〜。

と、ギャルっぽく注意しようかとも思ったが、まぁ、先輩や上司がいないところで、そいつを肴に盛り上がるのが後輩というもの。それを止めるのも野暮だろう。ギャルっぽく止める意味もわかんないし。

でも、ほどほどにね……。そのモノマネ、本人が見たら、むすっとむくれちゃうから。いや、拗ねた感じもそれはそれでちょっと癖になるんだよな……。

などと、思っている間にも二人は先輩モノマネで盛り上がっている。

「えー。じゃあ、わたし『やっはろー！』練習しようかな」

「おー！　いろは先輩の全力『やっはろー！』見てみたいですね〜！　それだけでめっちゃ笑えそう」

「……待って？　めっちゃ笑えるって、なんかニュアンスおかしくない？　笑いものにされる言い方じゃなかった？」

「いやいやそんなことぷふーっないですけど」

「めちゃめちゃ笑いものにされてるし……」

とかなんとか二人は話しているが、まぁ、一色《いっしき》が『やっはろー！』と挨拶《あいさつ》しても、由比ヶ浜《ゆいがはま》が怒ることはなかろう。

しかし、それは由比ヶ浜と一色の信頼関係があればこそ、許されるものである。あれをさして仲良くない人、たとえば材木座《ざいもくざ》や遊戯部あたりがいじると、普通にめっちゃ怖いからな。すんごい低いトーンの声で「やめて」って素でキレてるっぽく言われちゃう！　……いや、それはそれでいいな？　たまに見せるガチでキレた感じ、ちょっと癖になるな？　こいつ、いつも癖になってんな。

ともあれ、本人がいないところでイジられるのも愛されている証拠と言えないこともない。えてしてそれは陰口の言い訳にされがちだが、まぁ、俺が見る限りにおいては、じゃれあいの範疇《はんちゅう》だと思う。

雪ノ下《ゆきのした》も由比ヶ浜も、後輩たちから慕われているのだなぁ。

などと考えているると、やがて、電気ケトルがこぽこぽ音を立て、お湯が沸きはじめた。

そのケトルを手に、小町《こまち》が鼻歌交じりでお茶を淹れると、次第に馴染《なじ》みある香りがふわと、湯気とともに立ち込める。

蒸らしている間に小町は俺の湯呑《の》みと紙コップを二つ並べる。雪ノ下と由比ヶ浜が不在とはいえ、そのカップを使うつもりはないらしい。

小町はティーポットを手に、湯呑みと紙コップとに、ちゃっちゃと注ぐ（お茶だけに）。

「はーい、どうぞ」

「おお、サンキュ」

差し出された湯呑みをありがたく押し頂き、まずは一服。

うむ、今日も元気だ、お茶がうまい……。

と、俺は普通に美味《おい》しくいただいていたのだが、一色のリアクションはいまひとつだった。

一口また一口と飲んだ一色は、なにごとか確かめるように、紙コップの水面を矯《た》めつ眇《すが》めつしている。

「ふーん……」

「むっ、微妙な反応。何か問題ありましたか」

一色の意味深な吐息に小町が顔を顰《しか》める。それに一色はひらひらと手を振った。

「や、別にいいんだけど。……雪乃《ゆきの》先輩ってお茶淹れるの上手なんだなーと」

「あー……、さすがに雪乃さんと比べられると……」

小町は諦めにも似たため息を漏らし、ついで納得したようにうんうんと頷《うなず》く。だが、俺は頷くどころではなく、普通に疑問符を浮かべてしまう。

「え？　そんなに味違う？」

ずずっともう一口啜《すす》って、テイスティング。しばし口の中に留めて確かめてみるが、舌の上に広がるのはやっぱり紅茶の味だ。これがウーロン茶や緑茶に変わっているなら、さすがに俺もわかるが、紅茶はどうしたって紅茶だ。

ええ……、全然わかんねぇ……。なんか違うの？　と、淹れた本人を見やれば、小町《こまち》は肩を竦《すく》めて苦笑を浮かべる。

「茶葉は同じなんだけどね……」

そして、ふむと顎《あご》に手をやり、考え始めた。

「……やっぱあれが違うのかな」

「ほう、なんか変えたんか」

聞くと、小町は曖昧《あいまい》な笑《え》みを浮かべた。

「ほら、料理は愛情だから」

うぅ～ん！　それだと、このお茶には愛がこもってないように聞こえるぅ～！　いやまぁ、確かに、さっきの小町は手軽に手早く、ともすれば雑にお茶淹れてたけれども。よく料理してるから、さすがに手際がいいな～とか思ってたけど、……もしや、普段の料理からして愛がないのでは？

「いやいや、普通に技術の差ですから。雪乃《ゆきの》先輩、結構手間暇かけてますもん」

つい、小町の愛を疑ってしまったが、それを一色《いっしき》が否定してくれた。

「ほーん、そうなんか……」

言われて、雪ノ下《ゆきのした》が紅茶を淹れてくれる時の姿を思い返してみるが、その手間暇とやらがちょっと思いつかない。まぁ、手つきが丁寧《ていねい》だなとは思うが、雪ノ下は紅茶を淹れる所作に限らず、そもそもが洗練されているからわからんな……。

しかし、見る者が見れば、その違いは明白なのだろう。

一色は紙コップを手に、また一口飲む。

「雪乃先輩のは『紅茶！』って感じですけど、お米ちゃんのは『お茶……』って感じしますよね。実家で飲む味がする」

「言い方じゃん……。いや、なんかわかるけど」

俺はリアルに家でも小町が淹れてくれるお茶を飲んでいるので、まさしく実家感がある。まぁ、良い言い方をすれば、素朴で落ち着くというか……。

明確にｄｉｓられたわけでもないので、言われた当の小町も若干反応に困っていた。

「というか、それはイメージの問題では……」

やや引き気味の苦笑いで小町が言うと、一色はこくりと頷《うなず》く。

「まぁ、それもあるけど」

「小町にはどうしようもないやつなのですが……」

ははっと乾いた笑いで諦めの表情を浮かべる小町。それを言っちゃあおしめぇよと寅さん張りに肩を竦《すく》めていた。

まぁ、うちが庶民的な家庭だからな……。味はもちろん、その仕草や立ち振る舞いにもどこか所帯じみた感じが滲《にじ》み出てしまうのは致し方ないことだ。ハイソな香りのする雪ノ下《ゆきのした》家と比べてはいけない。

しかし、小町《こまち》の魅力はその所帯じみたところにこそあるのであって、それこそが『世界の妹』たる所以《ゆえん》なのだ。

などと、俺が力説するまでもなく、そのことは一色《いっしき》も理解しているようだった。「まぁねぇ～」とほんほん頷《うなず》いている。

が、なにか思いついたのか、不意に首の動きをピタと止めた。

そして、すっと小町の方へ体を向け、肩口に掛かる髪をさらりと手の甲で払った。

いや、手で払うほど髪長くねぇだろ……。ちょっと待って？　これデジャブ？　とか思っていたら、一色は二度、三度と髪を払い、その手をこめかめに当てた。さらに呆《あき》れたようなため息を吐《つ》いて軽く首を振る。

「あら、そんなことはないでしょう？　小町さん、どうせモノマネするのなら、紅茶の淹れ方も真似をしてもらえると嬉しいのだけれど」

ドヤぁぁぁぁと言わんばかりの笑顔でにっこり微笑《ほほえ》む一色。

瞬間、俺と小町はぬふっと吹き出してしまった。笑いを抑えようとしたせいで、めっちゃ変な声が漏れ出ている。

小町は結局堪《こら》えきれず、うぇひひと爆笑していたが、ひとしきり笑うと、目じりを拭《ぬぐ》って、一色に賛辞を送る。

「いろは先輩、やりますね～！　似てる似てる！」

その賛辞に、一色は得意げにふふんと胸を張った。

「でしょ？　やっぱ雪乃《ゆきの》先輩はこのドヤ感がポイントだから」

「ドヤ感って言うんじゃねぇよ……」

本人にはそんなつもりはない。

……と思うが、どうだろう。あの子、たまにすっごい楽しそうに言ってやった感を出す時があるからな。まぁ、そのドヤ感も別に嫌いじゃないし、なんなら微笑ましいまであるので、今後もドヤドヤしていただきたいところではある。そのドヤ感もまた後輩たちに愛される理由の一端ではあるのだろうし……。

と、その後輩たちを見れば二人とも、髪をさらっと顎《あご》をくいっと、ドヤァと微笑み、モノマネの練習中。大変楽しそうに爆笑してらっしゃいました。

やがて、モノマネ合戦は一色の勝利に終わったのか、小町はぱちぱち拍手して、なかなかやりおるとばかりに大きく頷いた。

「いやー、やっぱりモノマネは悪意があるほうが似ますね。さすがです」

「悪意とかないから！」

小町《こまち》の言葉に一色《いっしき》がべしべし机を叩《たた》いて猛抗議する。しかし、小町はそれにきょとんとした顔で、くてりと首を傾《かし》げるだけだ。

「そうなんですか？」

小町はわざとらしいくらいに純粋無垢な眼差《まなざ》しを向けていた。その瞳の奥には隠しきれない愉悦が見え隠れてしている。

「そうだよ！　この子、ほんとわたしのことなんだと思ってるんですかね……」

一色はぐぬぬと呻《うめ》くと、すっと細めた瞳で小町を見る。

が、そんな視線もどこ吹く風で、小町は頬《ほお》に手をやり、くねりくねりと体をくねらせ、妙に間延びした甘ったるい声を出した。

「えぇ～、でもぉ～、いろは先輩ってぇ～、いつもそんな感じじゃないですかぁ～？　わたし的には結構似てるかなぁ～と」

「それそれ、それこそ悪意あるモノマネだから。先輩、この子、倫理観ぶっ壊れてますよ」

なんて抗議をしてくる一色だが、その全然似てないモノマネを一見して、自分の真似だとわかったらしい。けっと言わんばかりに切って捨てる。

だが、小町的には会心の出来だったようで、えへへと嬉しげに笑っていた。いや、存外一色に伝わったのが嬉しいのかしらん？　やだなにそれ尊い……。そう思うと、今のやり取りにもどこか心温まるものがあるな……。

「うんうん、やっぱり悪意あると似ますよねっ！」

とか、思ってたら普通に悪意の塊でしかなかったみたい！　小町はやってやったぜみたいな満足げな吐息を漏らしていた。

「だから、似てないいっつーの……」

一色は呆《あき》れと諦めが入り混じったため息を吐《つ》く。

そして、ちらと俺を窺《うかが》った。

「似てないですよね？」

問われれば俺は自信をもって、こう答える。

「そうだな。あざとさが足りない、あざとさが」

「擁護の仕方が嬉しくないんですけど……」

俺が力強く断言すると、一色はげんなりと肩を落とした。いや、俺としてはかなり説得力を込めて言ったんだけど……。

「ていうか、わたし、別にあざとくないんですけど」

言って、一色はぷくーっと頰を膨《ふく》らませて、ふいっとそっぽを向いた。

「いや、それがあざといのでは……。この人、すごいなぁ……。もしや、無自覚でやってるのでは……」

一色《いっしき》の仕草に、小町《こまち》は感嘆の声、ともすれば驚愕《きょうがく》に満ちた声で言った。しかし、その見方は少々浅いと言わざるを得ない。

俺はんんっと、喉の調子を確かめつつ、机の上に肘《ひじ》を置き、ゲンドウポーズ、そして、低い声音《こわね》で呼ばわった。

「小町、それは違うぞ」

その声があまりに真剣だったからか、小町も一色もはっと俺を見る。その視線にはどこか緊迫感があった。受けて、俺は嫌に重々しく、さも重要なことかのように続ける。

「一色はあざとさをちゃんと自覚している。だが、ただあざといわけじゃないんだ。あざとさを基本に置きながらも、それを前面に出すわけではなく、『あざといのはわかってますけど、これがわたしですから』みたいなある種の開き直りがそこには存在している……」

一度、言葉を切り、十分なためを作ると、俺は最後に告げた。

「……いわば、媚びないあざとさなんだ」

ふっと俺が笑《え》み含みの吐息を添えて言いきると、一瞬の静寂が降りる。

そして、小町がドン引きの声を上げた。

「うわぁ、めっちゃ語るなこの人……。けど、その解説に頷《うなず》けるところがなかったわけではないので良しとします」

小町は納得した様子でうんうんと大きく頷く。

「だろ？　それが一色の良さなんだよ」

「わかるわかる。全力で可愛《かわい》いをやる姿勢がかっこいい」

「それな」

期せずして、俺と小町による『一色いろはの好きなところ発表合戦』が開催されてしまっていた。

他にもたくさんあるんだよな～！　いろはすのいいところ！

さて、次はどのカードを切ろうかな～！　容姿外見は言わずもがなだし、さすがにそういうのは面と向かって言う側も照れちゃうからな。もっと精神面や内面を褒《ほ》め殺したいところだ。となると、やっぱあれかな、独特の距離の詰め方がいいよな。興味ない人をガン無視するくせに、慣れてくると向こうから話しかけてくれるあたり、野生動物と触れ合ったかのような温かな喜びを与えてくれるよな。

と、そんなことを長々語ろうとしたのだが、それを遮《さえぎ》るように、俺の袖《そで》がくいっと引っ張られた。

見れば、顔を俯《うつむ》かせた一色が、ぷるぷる震《ふる》えている。

「あ、あの……、やめてください……。そういうの、ほんと恥ずかしいんですけどほんと無理なんですけど……。ていうか、全然そんなことないし……」

一色はぶわぁっと頰《ほお》を染めて、もごもごと口早に言う。そして、掌《てのひら》ではたはたと自分の顔を扇いで、はぁ～っとため息を吐《つ》いた。視線はずっと足元へ向けられているせいで、亜麻色《あまいろ》の髪から覗《のぞ》く耳が赤くなっているのがよく見えた。

ストレートに褒《ほ》められてマジ照れしている一色《いっしき》の姿はとても貴重……と、ついついじっくり眺めてしまう。

それは小町《こまち》も同様であるらしい。一色の様子をまじまじ見ようとしているのか、わざわざ体を前のめりに倒して、その顔を覗き込んだ。

その視線から逃れようと、一色がさらにぷいっと顔を背ける。

すると、小町はふふふと笑いさざめいた、

「いやいや、ほんとのことですもん。いろは先輩は素敵です。周囲の反応がどうであろうと、己のスタイルを貫く……、なかなかできることではありません。ある意味逆に尊敬してしまいます。いや、ほんとかっこいいなぁ……」

「やめてやめておいやめろお米」

目を閉じて、憧れを語るように褒め殺しの文句を口にする小町。それを一色が必死に止める。が、肩を摑《つか》んでぐいぐい揺らしても小町は止める素振りがない。

「誰かに嫌われても全然平気なメンタル！　誰に何を言われても気にしないスタンス！　かっこいいです！」

「……平気じゃないし気にするけど」

勢い良く語る小町のテンションに、えぇ……と、戸惑い半分ドン引き半分の一色。だが、それをものともせず、小町は拳《こぶし》をぐっと突き出して、なおも高らかに褒めたたえる。

「周りに流されない強さ！　噂《うわさ》や陰口をものともしない！　さすがいろは先輩！　そこに痺れる憧れる！」

「いやいや、嫌われるのとか普通に辛いんですけど？　噂とか陰口とか、そういうのほんと凹《へこ》むんですけど？」

一色は胸の前でぶんぶん手を振り、小町の言うこと一切合切否定した。が、そっと胸に手を当て、うっとり夢見心地に目を瞑《つぶ》る小町はそれを見ない振りして続ける。

「人に嫌われても自分を貫くいろは先輩、いつもかっこいいなぁって、小町は常々思っていました……」

「待って？　そのキャラ付けやめよ？　みんな、わたしのことなら嫌っても大丈夫みたいな感じに誘導してくのやめよ？」

「小町、いろは先輩のそういうところ、尊敬してしまいます」

「お米、話聞け？　わたし、好かれたいから、めっちゃ愛されたいから。なにお米ちゃんわたしのこと嫌いなの？」

一色が苦々しげに聞くと、小町ははえっと首を捻《ひね》った。

しかし、即座にけろりとした顔で答える。

「ある意味逆に割りと本気でそういうところは結構好きです」

回りくどい言い回しでもってしれっと言われたせいか、一色《いっしき》は二、三度目を瞬《しばた》く。しかし、やがてその意味するところを察したらしい。

ぽかーんと開けていた口をきゅっと引き結ぶと、口の中だけでもごもご言って、しきりに前髪を直し始めた。

「へ、へぇ……、そう……」

その様子をにこにこ見ている小町《こまち》。

そして、ふっ……とニヒルかつダンディな苦み走った笑《え》みで二人を見守る俺。

が、俺は内心では尊みで咽《むせ》び泣いていた。あら〜、いいですわゾ〜。やだもう、普段はからかい上手ないろはちゃんが、今日はからかい上手な小町ちゃんにしてやられてるわ。

まぁ、小町も悪ノリでからかっていた部分は多分にあるのだろうが、しかし、まったくのおふざけというわけでもないのだろう。言ってることはあながち間違いでもない。確かに、一色は周囲の反応はどうあれ自分を貫くかっこよさを持っている。

一方で、一色自身が言うように、あれこれ言われると凹《へこ》んでしまうというのもほんとのことなのだろう。でも、そうして凹んだり落ち込んだりして、悩みながらも最後は、きゃぴっと最高に可愛《かわい》らしく微笑《ほほえ》んでみせるのが一色のかっこよさなのだと思う。

いかんな、このままでは第二回『一色いろはの好きなところ発表合戦』が開催されてしまう。

次こそは俺が勝つ……。

などと、リベンジに燃えていると、一色は照れくささを誤魔化すようにけぷんと咳払《せきばら》いし、すっと紙コップを前に出した。

「……おかわり」

ぽしょりと呟《つぶや》いた一色の手元、紙コップは既に空になっている。

庶民的だの実家感あるだのとあれこれ言った割りに一色は、小町の淹れた紅茶をしっかり飲み切っていた。

それを見た小町が嬉しそうに笑う。

「はい！」

そして、いそいそとティーポットを手に、甲斐甲斐しくおかわりを注ぐ小町と、「ありがと」と小声で礼を言う一色。

その姿を見て、俺は早くも第三回『一色いろはの好きなところ発表合戦』の大会実行委員会の組成を考え始めていた。

×　　×　　×

紅茶を飲み、お茶請けをぱくつき、人心地ついたところでふと思い出した。

奉仕部モノマネ大会やら『一色《いっしき》いろはの好きなところ発表合戦』やらをしていたせいで、とんだマッドティーパーティーになってしまったが、そも、一色はなんぞ用があったのではなかったか。

「一色」

「ふぁい？」

声をかけると、一色はお茶請けのクッキーをもぐもぐして、さらに追加のクッキーを取ろうとしているところだった。

「君、なんか用あったんじゃないの」

言うと、その手がピタと止まる。

「あ」

「あ」

一色も小町《こまち》も、完全に忘れてました……という顔をする。まぁ、俺もすっかり忘れていたので責める気はまったくないんですけれども。

一色はお茶菓子へと伸ばしかけていた手をすっとひっこめると、その手を腿《もも》にやってスカートの皺《しわ》を伸ばし伸ばしして、姿勢を正し、仕切り直した。

「一応、仕事っちゃ仕事で来てまして。ちょっとご相談があったんですよね～……」

顎《あご》先に人差し指をやって、先に繰り返した文言とまったく同じことを口にする。

「ほう、伺いましょうか」

が、今度の小町はさすがに雪ノ下《ゆきのした》のモノマネはせず、きりっと真面目な表情で話の続きを促《うなが》した。

それに一色は頷《うなず》きを返したものの、やはりその視線は本日不在の雪ノ下と由比ヶ浜《ゆいがはま》の席へと向けられた。

「ほんとは雪乃《ゆきの》先輩と結衣《ゆい》先輩もいるときの方がいいんですけど……」

「なら、今度でもいいぞ。来週でも再来週でも再来月でも。なぁ？」

小町を見やれば小町もこくりと頷く。

「……と、兄は先送りする気満々ですが、どうしますか？」

「ちょっと？　俺の意図を的確に解説するのやめてくれない？」

やだもう！　同じ職場に妹がいるとのらりくらりと躱《かわ》すいつものやり方が通用しなくて困っちゃうわ！　先にそんな風に言われちゃったら、これからどんな言い訳しても無駄になっちゃうでしょ？

と、思っていたのだが、一色はさして気にも留めない感じで面倒そうにひらひらと手を振っていた。

「あー、だいじょぶだいじょぶ。どうせいつものことだし」

やだもう！　最初から言い訳全部無駄だったみたい！　まぁ、一色とも付き合いもそれなりだからな、さすがに俺の言いそうなことは心得ているらしい。

現に、一色《いっしき》はふっと余裕ある笑《え》みを浮かべている。

「それに、こういう時の対処もわかってますしねー」

言って、一色は喉の調子でも確かめるように、んんっと咳払《せきばら》いをして、居住まいを正す。そして、椅子《いす》をがたがたと動かして、俺の真正面に向き直った。

「先輩……」

か細く、かすかに震《ふる》えた声で俺を呼ぶ。色付きリップで艶《つや》めく桜色の唇からは、熱っぽい吐息が漏れ、儚《はかな》げに潤《うる》んだ瞳は上目遣いにこちらを窺《うかが》う。

「……だめ、ですか?」

途切れ途切れの言葉をぽしょりと呟《つぶや》くと、震える指先がきゅっと制服の胸元を握りこむ。その声音《こわね》も仕草も表情も、切々としていた。

そんなふうに頼まれてしまうと、どうにも無碍《むげ》にはしづらい……。

と、俺がたじたじにたじろいでいると、一色は一転して、へっと馬鹿にし腐った笑いを浮かべた。

「ほら、これで一発」

「お~」

どんなもんよと胸を張る一色に、小町《こまち》がぱちぱち拍手を送る。けれど、俺は苦々しく言うしかない。

「いや、舐《な》めすぎだろ。もう慣れたし、雑にもほどがあるし……。本気かどうかくらいはさすがにわかるぞ」

まぁ、慣れたからといって、ドギマギしないわけではないんですけどね！

なんて内心は押し隠しつつ、俺が苦々しい顔をしてみせた。

すると、一色はそれまでの得意げな微笑《ほほえ》みから一転、その大きな瞳をすっと細めて、冷めた表情になる。

「へぇ」

一色はどうだか……、といわんばかりに懐疑の滲《にじ》んだ声音を漏らしたかと思えば、何かを思いついたように、にやっと蠱惑的《こわくてき》に微笑む。

そして、そっと手を伸ばし、俺の袖口《そでぐち》を摑《つか》むと、くいっと引き寄せた。上半身が傾《かし》ぐ俺の耳元に、ぽしょりと小さく囁《ささや》く。

「……本気、出しちゃっていいんですか？」

密やかな声音はしっとりと甘く、耳朶《じだ》といわず背筋まで震えさせる。こそばゆさに身を仰《の》け反《ぞ》らせて、一色の顔を見れば、彼女は艶めく唇にふにっと指先を当て嫣然《えんぜん》と微笑んでいた。

その試すような眼差《まなざ》しを振り払い、俺はかすかに首を振る。

「やめてやめてなんか怖いからちゃんと話聞くからやめて」

誤魔化すように口早に言うと、その狼狽《ろうばい》ぶりに満足したのか、一色《いっしき》はぱっと袖口《そで》から手を離し、ふふんと胸を反らして、勝ち誇ったような笑《え》みを小町《こまち》へ向ける。

「ほらね」

「お兄ちゃん、ちょろいな〜」

小町は軽侮の眼差《まなざ》しを俺に向けてくる。いや、違うんだって。別に一色とどうこうとかそういうんじゃまったくなくて、ただ耳がね？　耳がちょっと弱点なんだよね……。

などと、言い訳交じりに性癖を披露しようものなら、軽侮の眼差しは軽蔑《けいべつ》のソレへと変わってしまうだろう。

俺は小町の視線から逃れるついでに、首と肩とをこきっと鳴らす。

「ていうかマジで何の用だったの、君」

つい今しがたのやり取りなどなかったかのように俺が仕切り直して聞くと、一色はどう伝えたものかと考えるように腕を組み、ふーむと顎《あご》に手をやった。

「まぁ、詳しい話は雪乃《ゆきの》先輩と結衣《ゆい》先輩がいるときにしますけど、とりあえず、先に前振りだけしときますね」

「そう?」

前振りってなんか嫌な響きだな……。

およそ社会人界隈においては前振りとはそれそのままガード不能の死亡フラグと相場は決ま

っていると聞く。

最初は「来月とかって時間ある？　もしかしたらなんか頼むかもだから。まぁ、たぶん大丈夫だと思うけどね〜」くらいのノリで言ってくるくせに、後になってのっぴきならない状態になってから急に案件ぶっこんできて、「俺、来月空けといてって言ったよね？」ってマジギレしてくるものだと聞いたことがあります。

しかし、何の用かと尋ねた手前、その前振りとやらを聞かないわけにはいかない。俺は視線だけで話の続きを促《うなが》した。

一色は小さく頷《うなず》くと、話を切り出す。

「実はですね、夏休みに」

「手伝わんぞ」

「お兄ちゃん、早い！　早いよ！　おそろしく早い拒絶、小町でなきゃ見逃しちゃうね」

小足見てから余裕でしたといわんばかりの超反応に小町がビビリ散らかしていた。

いや、だって夏休みとか無理でしょ……。休みの二文字が目に入らんのか。それに、一応は俺も受験生。勝負の夏と言われる時期に他ごとにかまけている場合ではない。ただでさえ、全然受験勉強できてないのに！

が、そんな俺の事情は一色も理解しているのか、あっさり頷いた。

「いえ、人手は特にいらないので。さすがにわたしも夏休みに三年駆り出すほど鬼畜じゃないですよ」

「あ、そう……」

一色《いっしき》は胸の前でいやいやと手を振っているが、……ほんとにぃ？　結構鬼畜じゃなぁい？と、疑惑の眼差《まなざ》しを向けていると、一色はむすっとむくれる。

「ほんとですって。あの副会長でさえ、駆り出さないつもりなんですから」

「ほーん……」

一色いろは被害者の会筆頭であるところの副会長も労役を免除されているとなれば、多少は信頼してもよさそうだな……。これで安心して話が聞けるというものだ。

「で、なにやんの？」

「入学希望者向けの学校説明会があるんです。まぁ、説明会自体は学校側がやるんで、生徒会はちょっとした手伝いくらいなんですけど」

「学校説明会ねぇ……」

俺はほんほん相槌《あいづち》を打ってはいたが、その実、あまりピンと来ていない。確認のために小町《こまち》に水を向ける。

「この学校、そんなんやってたんか？」

が、小町の反応は鈍い。うん？　と首を傾《かし》げて、視線を上へ。そして、しばし考えていたがふるふると首を振った。

「さぁ？　あったかなぁ……」

「えぇ……、君、ついこないだまで受験生やってたでしょ……」

「そうだけど、説明会とかは行かなかったし……。ていうか、三年前はお兄ちゃんも受験生やってたでしょ」

「そんな昔のこと覚えてねぇよ……」

中三の夏休みなんて、塾の夏期講習くらいしか思い出らしい思い出がない。

この学校だって、合格できそうだから受験した程度の意識の低さでおなじみの俺だ。説明会などというお堅そうなイベントに足を運ぶはずがない。

いや、噂《うわさ》で聞く就職活動のように、説明会への参加がエントリーに必須だとかであれば行かざるを得ないし、あるいはインターンのように、後々選考で有利になるといった特典があるなら話は別だ。

しかし、四角四面の通り一遍な説明ならノーセンキュー。

そも、説明なんてちゃんと聞く人の方が稀なのだ。

家電でもなんでも、多くの人は取扱説明書をしっかり読まない。大概、みんななんとなく試しに弄《いじ》ってみて「……なるほどね、だいたいわかった」などと言って、その機能の８割を無駄にすると相場は決まっている。ご多分に漏れず俺も同様で、うちのドラム型洗濯機にエアアイロンとかいう謎の機能がついてるのを昨日知ったレベル（機能だけに）。

俺たちの散々な反応も一色《いっしき》は織り込み済みのようで、諦めたように肩を竦《すく》める。

「まぁ、そんなもんですよね。わたしも行ってないですし。なので、基本は保護者対象っぽいんですけど……」

一色ははぁと大きくため息を吐《つ》くと、やれやれと肩を竦める。

「でも、一応、中学生も来るは来るらしいんで、それ用に準備はしないとなんですよねー」

「準備とな。なにかやるんですか？」

小町《こまち》がおめめぱちくりして聞くと、一色は面倒そうに頷《うなず》いた。

「うちの学校はこんなとこですよって話したり、あとはまぁ、実際に校舎を見て回るツアー的なのとか……。あとは質問受け付けたりとか？」

内容面はまだ固まり切っていないのか、一色は頤《おとがい》に指をあてて、ひとつひとつ考え考えしながら話す。

それを、ほーん……と適当に相槌《あいづち》打ちながら聞いているとおぼろげながら、学校説明会の概要が摑《つか》めてきた。

特に見学ツアーと言われると、実に想像がしやすい。

中学生にとっては、高校の校舎に入るだけでも、ちょっとしたイベントだろうから、普通に喜ばれるだろう。少なくとも俺が中学生なら、普通にドキドキものだと思う。

ちょっと想像してみよう。レッツイマジン。

――夏休み。

うだるような暑さでアスファルトに上る陽炎《かげろう》。

遠く響く金属バットの快音と、うるさいくらいの蝉の声。

一転、校舎の中はひっそりと静まり返り、いっそ涼しくすらある。

人気《ひとけ》の絶えた校舎。静まり返った廊下。

着崩した夏服、薄手のスカート。

前を歩く可愛《かわい》い先輩。

見学の道すがら、志望動機を聞かれて「家から一番近いから」と答えた俺を「なにそれ」と呆《あき》れたように笑う。

なのに、別れ際。

先輩はそっと袖《そで》を引き、肩口に触れ、

「……待ってるね」

と囁《ささや》き、微笑《ほほえ》んで――。


………うん、いいな。いい。俺もそのツアー参加できないかな。

などと考えていたことはおくびにも出さず、俺はふむとさも沈思黙考《ちんしもっこう》しておりましたと言わんばかりに唸《うな》った。いや、いい……。いいな……。うーん、いい……。

「つまり、あれか。要はオープンキャンパスみたいなもんか」

「あ、そんな感じです」

一色《いっしき》は頤《おとがい》に当てていた指をぴっと俺に向ける。

なるほどな。オープンキャンパスと言われれば、なんとなくの想像はつく。

まぁ、体育館やら講堂やらの壇上から教師陣が熱弁を振るってあれこれ説明したところで、保護者はともかく中学生がまともに話を聞くとは思えない。

中学三年生、つまり十五歳といえば、盗んだバイクで走りだし、夜の校舎窓ガラス壊して回る年ごろ。だったら、実際に校舎を案内して、割りやすいガラスの位置を教えてやった方がよっぽどうちの学校への興味関心に繋《つな》がるだろう。

俺がふむと納得していると、はす向かいの小町《こまち》も、ぽんと手を打った。

「おお！　オープンキャンパス！　そういえば聞いたことがある……」

「知っているのかお米ちゃん」

やおら腕を組み、むむっと唸《うな》る小町に、一色がきりっとした視線を向ける。それに小町はいやに重々しく頷《うなず》き、手元のノートをぱらぱらっとめくった。

「はい。オープンキャンパス、それはノートを開く魔法の言葉……」

「全然違うから」

即座に一色が真顔でぶんぶん手を振り、冷たくあしらうと、小町はアホ毛を撫《な》で撫でし、「ですよねー」とばかりにえへへーっと笑う。

やだもう！　小町ちゃんったらお茶目さん！　可愛《かわい》いから全然許しちゃうけど、もし本気で言ってたんなら、そのキャンパスノートに一生反省文書かせてるところだゾ☆

「や、なんとなくはわかるんですけどね。具体的にどういうのかはちょっと」

言いつつ、小町は俺をちらと見る。その視線が「つまりどういうことだってばよ」と説明を求めていた。よかろう、教えて進ぜよう。

「オープンキャンパスは……、まぁ、平たく言えば大学とか専門学校の学校見学イベントだな。体験授業とか学食の試食とか研究室見せてくれたりとか、……あとはまぁサークル紹介とか？　そんな感じのことやるらしい」

言うと小町がぺちぺちと拍手を送ってくる。

「お～、さすが受験生」

「まぁな」

ふっとニヒルに笑って見せはしたが、俺も実際に行ったことはない。

しかし、高校三年ともなると、周囲の話題も受験絡みになっていくので、自然、その手の話も耳には入ってくるのだ。たまにいるよね、「どこそこのオーキャンはいいらしいぜ」とか「今年は商学部が面白いらしいぜ」とか「それよりもお前、あの大学の伝説、知ってるか?・」とか、やけに詳しく教えてくれる人。ギャルゲーの男友達かな？

そうして聞きかじった知識を披露すると、一色《いっしき》がうんうんと相槌《あいづち》を打ってくれる、

「まぁ、さすがに体験授業とか試食とかは無理ですけど。一通りの見学ツアーと部活紹介くらいはやろうかなーと」

「ほーん……。いいんじゃない？　知らんけど」

「うわぁ、適当な返事……」

小町《こまち》はげんなりした顔で言うが、実際他に言いようがない。そもそも、学校説明会なんてお堅そうなイベントにわざわざ来るようなめちゃめちゃやる気勢は何したって喜ぶに決まっている。加えて案内やら紹介やらを可愛《かわい》い先輩がしてくれるなら、男子は喜び勇み、女子は憧れることだろう。

だからまぁ、いいんじゃない？　と、俺は実に楽観的に考えていたのだが、一色は物憂げな顔をしていた。

それが気にかかり、どうかしたかと問う視線を投げかけると、一色は躊躇《ためら》い交じりのため息を吐《つ》いて、少し困ったような顔をした。

「で、その部活紹介の資料を作らないとなんですけど……」

一度言葉を切ると、ほんの一瞬、ちらと小町の様子を窺《うかが》って、けれど一色は俺へと顔を向け、その続きを口にした。

「奉仕部って、どうします？」

「どうって言われてもな……」

反射的に俺は曖昧《あいまい》に言葉を濁していた。

一色は微苦笑を浮かべながらも、その眼差《まなざ》しの奥には切々とした真剣さがある。じっと見つめられてしまうと、俺はその問いかけの意味するところを考えざるをえない。

おそらく、そこにあるのは単なる業務上の疑問点だけではないだろう。

これから先、この部活はどうするつもりなのかと、そう問われているような気がした。

ふと、今日部室に来た時に抱いた想像が鎌首をもたげてくる。

来年、あるいは半年後。

斜陽の中で本を読む少女。

この部室に一人残される小町の姿。

そんな空想が実現するのを避けようと思うのなら、新入生へのアピールはしておくにこしたことはない。

けれど、それを俺が願うのは筋が違う。

この部活は、この場所は小町が守ってくれたものだ。終わりも致し方なしと受け入れていたのを小町が受け継いでくれたのだ。

俺はその恩恵に与《あずか》っているに過ぎない。

それが小町《こまち》を縛りつけることになりはしないかと一抹の不安を抱きながら。

「あー……、どうなんですかねぇ……」

見れば、小町は困ったように頭をわしわしと掻《か》いていた。

「今のところは考えてなかったんですけど……」

そして、窺《うかが》うようにちらと俺を見ると、先ほど二人きりで話していた時と同じようなことを言った。具体的な是非こそ言及してはいないが、その迂遠《うえん》な口ぶりに否定的なニュアンスが滲《にじ》んでいるのは明白だ。

小町が今しばらくの保留を望むのであれば、そこから先は俺が引き受けよう。保留先送り引き延ばしは俺の得意分野だ。

「その資料って、載せないとまずいやつ？」

問うと、一色《いっしき》は眉根《まゆね》を寄せうーんと考える。

「一応、体裁としては正式な部活になっているので、触れないのもアレかなと。たぶん学校側もチェックはするので」

「なるほどな……」

学校説明会で配布する資料は学校側もノーチェックというわけにはいかないのだろう。

正式な部活動として存在しているのに資料に記載がないとなれば、その旨、指摘や確認が入る可能性は十分に考えられる。

載せないなら載せないなりに理屈をつける必要がありそうだ。

なんせ奉仕部は活動内容がふわっとした怪しげな部活。

変に目立ってしまうと、学校側も不審に思いかねない。部員の俺でさえ、『奉仕部ってなんだよ意味わかんねぇな』と思ってるレベルなのだ。のちの面倒ごとを避けるためにも、余計なツッコミどころは与えないに限る。

さて、うまいことのらりくらりと躱《かわ》すにはどうしたものかと頭を捻《ひね》っていると、一色がふっと軽いため息を吐《つ》いた。

「まぁ、急ぎって程じゃないんで、考えといてもらえれば」

言って、一色は空席を見つめる。そこへ小町の視線も重なった。

「わかりました。小町の一存ではちょっと決めづらいので、明日、雪乃《ゆきの》さんと結衣《ゆい》さんと話してみます」

小町は胸の前できゅっと両の拳《こぶし》を握ると、ぞいっと気合いを入れる。

ことは今後の奉仕部の在り方にも影響を及ぼすものだ。雪ノ下《ゆきのした》にも由比ヶ浜《ゆいがはま》にも思うところはあるだろう。俺にもある。それを言葉にするにせよしないにせよ、伝える機会はあってしかるべきだ。

となれば、結論はまた明日以降に持ち越し……と、考えてふと気づく。

……明日？

「いや、明日はちょっとアレだ。俺いないんだわ」

俺が言うと、二人はまったく同じタイミングできょとんとし、けれど、右左逆方向にくてんと首を傾《かし》げる。

「そうなんですか？」

「なんかあったっけ？」

「予備校の見学。ついでに体験授業」

こう見えて受験生なんだよなぁ。まぁ、今の時期に予備校選んでるようじゃ相当出遅れてるけど。と若干のドヤ感を滲《にじ》ませて言うと、二人はとことん興味ない顔でへぇとかはぁとか言っている。

「はぁ、そうですか。じゃ、明日は雪乃《ゆきの》先輩と結衣《ゆい》先輩が出勤か……。だったら顔出しに来ようかな」

「久しぶりに女子会ですね！」

なんて二人はうきうきで楽しそうに話しておりますが。

ここで残念なお知らせがあります。

「あー……、や、雪ノ下《ゆきのした》は来ない、かもね？」

俺は言いながら、ついついこそっと視線を外してしまった。

別に何か後ろめたいことがあるわけではない。……ないのだが、なにやら死ぬほど恥ずかしい思いが襲ってきた。

その様子があまりにおかしかったのか、小町《こまち》も一色《いっしき》も、むむっ！　と楽天カードマン張りに俺に注目してくる。

「あ、そういう……」

やがて小町はすぐになにかを察して、ほうほう頷《うなず》き、ほっこり笑顔を浮かべた。かたや一色は舌打ちせんばかりの酸っぱい顔でクソデカため息を吐《つ》く。

「っはー！　でたよ、予備校見学にかこつけたクソデート」

「クソとか言うんじゃねぇよ……」

苦々しく言ったものの、デートかどうかは審議待ちなので、いまいち強く注意できないどうも俺です。

×　×　×

世に体験授業だの無料お試しだのといった類《たぐ》いのものは多くあるが、そのすべてが善意によって成り立っているわけではない。

たとえば、一か月無料を謳《うた》うサブスクサービスもよくよく規約を読んでみれば、二か月以上継続した場合のみ初月無料とかしれっと書いていたりするものだし、今なら無料プレゼント云々《うんぬん》みたいなサプリに申し込んだら解約するページが一生見つからなくてしばらく送られ続けてくるとか、思わぬ落とし穴があったりするものだ。申し込みはネットで簡単にできるのに、解約は電話じゃないとできないとかどうなってるのん？　おかげで、うちには親父が注文したすっぽんと黒酢がマリアージュしてどうたらこうたらみてぇなサプリが一生分ある。すっぽん、そのうち絶滅するだろ、これ。

昔の人は言いました。

ただより高いものはない。

大抵の無料サービスには人知れぬ裏があると決まっている。何かしらの形でサンクコストを上回るリターンがあるからこそ、無料サービスは成り立っているのであり、どこかで誰かが不利益を被っているものだ。すっぽんなんて絶滅のリスク背負わされてるからな。

であればこそ、たかが予備校の学校見学、体験授業であっても、俺はもらった入学資料の細則をきっちり読み込む手間を惜しんだりはしない。なんならテキストや参考書よりも読み込んでるまである。

その資料を読むに、少子化に歯止めがきかない昨今はどこの予備校も新規顧客獲得のために、あれやこれやと施策を打っているらしい。

今日見学した予備校も、通常の講義スタイルの他にも、オンライン授業だの、アーカイブでの振替授業だの、スマホアプリと連動しての学習支援だの、個々人に担当のメンターがついてどうのこうのと手厚いサポート体制がもりもりに盛り込まれていた。

それらを職員の方にいちいち確認し、ついでにいくつか質問をしていたら、だいぶ時間を食ってしまった。

予備校を出たころにはすっかり日が暮れている。

いかん、急がんと待たせてしまう……。

俺たちはそれぞれ受ける授業が違う。その後、見学にまつわる質疑応答等々の時間を考えれば、予備校を出る時間はばらばらになる。となれば、その後どこかで待ち合わせる、という流れになるのは自然なことだ。……まぁ、待ち合わせるのかどうかを探るような会話は不自然極まりなかったが。

ともあれ、駅からほど近いカフェで待ち合わせること自体は決まっていた。

俺は小走りで向かう。

夕暮れ時、西日が入ってくるカフェは窓にブラインドが下ろされて、外からでは店内の様子が窺《うかが》い知れない。

が、彼女はその最奥で本を読んで待っているのだろうと、そんな気がした。

店内に入ると、その想像は過《あやま》たず、奥まった一角で静かに文庫本のページを繰る雪ノ下《ゆきのした》の姿を見つける。

間接照明の下、ブラインドから透ける夕日も相まって、彼女の姿はぼんやりと浮かびあがり、さながら一枚の絵画のようだった。

ただ座って本を読んでいるだけなのに、絵になるのだ。雪ノ下雪乃《ゆきのしたゆきの》という少女は。

いつかも、これによく似た構図を目にした。

けれど、大きく違う点が一つ。

彼女の口元は綻《ほころ》び、文字を追う眼差《まなざ》しは柔らかい。

そこに足を踏み入れれば、台無しにしてしまうのではないかと、あの時、感じた近寄りがたさはもうない。

レジカウンターで手早くコーヒーだけ注文し、俺はその席へ向かった。

「悪い、待たせた」

声をかけると、向かいの席に座る雪ノ下がぱっと顔を上げる。

そして、柔らかに微笑《ほほえ》んだ。

「いえ。私もついさっき来たところだから」

言いながら、そっと文庫本を閉じ、鞄《かばん》へしまう雪ノ下。しかし、そう言った割りに、テーブルに置かれたロイヤルミルクティーは冷え切って、だいぶその嵩《かさ》を減らしているように見えた。

カップを見る俺の視線に気づくと、雪ノ下は誤魔化すように小さく咳払《せきばら》いし、すっとそのカップを手に一口飲む。

「こちらは少し授業がおしたの。……そっちも？」

「授業自体は時間通り終わった。けど、学習環境とかスカラシップ周りとか確認しときたいことが多くてな」

「へぇ……」

と、雪ノ下《ゆきのした》は興味深そうな嘆息を漏らすと、不意に、ふふっと笑う。その微笑《ほほえ》みはどこか楽しげに見えるが、しかし、今の会話のどこに笑う要素があったのかとんとわからん。

「なに？」

聞くと雪ノ下はふるふるっと小さく首を振り、そして、やはり楽しそうに微笑んだ。

「いいえ。なんだか大学生みたいな会話だと思って」

「そう？　どこが？」

お前の大学のイメージどうなってんの？　身近なサンプルがあの姉だから偏《かたよ》っちゃってるんじゃないの？　あの人、ほんとに大学行ってる？

俺が怪訝《けげん》な視線を向けると、雪ノ下は「そうね……」と腕を組み、視線を左上へとやって考える。

「ただの想像でしかないけれど……」

雪ノ下はそう前置きして、ぽつりぽつりと、夢見るように語る。

「授業終わりに待ち合わせしているのがそれっぽいのかも。別々の講義をとっていて、その後、学食で話す、とか……。こんな感じなのかなって」

「ああ、なるほどね……」

言われてみれば、確かにそれっぽいかもしれない。

その想像の中では、俺たちはもう制服姿ではないし、誰かに決められた時間割でもない。

自分の選んだ服で、自分の選んだ講義を受けて、自分たちの自由な時間を、カフェテリアで共に過ごしている。

たぶん今より大人びた表情で、そのくせ今と変わらないような会話を、きっとしているのだろう。

その姿を見てみたい気もする。

けれど、そうはならないだろうな、とも思う。

「……まぁ、同じ大学ならそういうのもあるかもな。ないと思うが」

ははっと俺が乾いた笑いを漏らすと、雪ノ下はむっとする。

「ただの想像だからいいの、別に。……比企谷《ひきがや》くんって時々無駄にリアリストよね」

君は時々無駄にロマンチストだよね……とか言うと、その尖《とが》った唇がさらに尖ってしまいそうだ。しかし、言っても言わなくても、雪ノ下の唇はつんと尖り、拗ねたようにふいっと視線を逸《そ》らされてしまった。

「……それに、まだわからないでしょ。似たようなところ、受けるんだから」

ぷちぷち小声で言うと、雪ノ下は、「そうでしょ？」と確認するような眼差《まなざ》しを俺に向けてきた。

雪ノ下《ゆきのした》は国公立文系、俺は私立文系でそれぞれ志望している方向性が若干異なる。理数系をはなから捨ててる俺が国公立を受けることはないが、雪ノ下は併願で私立も受けるのだろう。同じ大学に行く可能性がなくはない。

けれど、あくまでそれは可能性の話。

俺は逆立ちしたって国公立に受かることはないし、雪ノ下もわざわざ俺のレベルに合わせて大学を選ぶようなことはしないだろう。……しないよね？　そこまでされると嬉しいを通り越して、さすがにちょっと怖いですぞ。というか、そんなことになったら俺は普通に全力で止めてしまう。

……でも、カフェテリアで待ってくれている姿というのは正直ぐっとこないことはないですね。なんなら今日もちょっとぐっときました。

だから、その折衷案《せっちゅうあん》を取るとするならば。

「まぁ……、どっちでも変わらんだろ。大学違っても待ち合わせはするだろうし」

俺は顎《あご》をさすって考えるふりをしながら、緩《ゆる》みそうになる頬《ほお》を隠して言った。来年のことなんてわかりはしないが、それでもきっとそうするだろうなと、そんな願いを込めながら。

それに、雪ノ下はじっと真意を測るような視線を向けてくる。が、やがて尖《とが》らせていた口元をふっとほころばせた。

「そうね……、うん」

こくりと頷《うなず》く様は普段よりもいくらかあどけなく、ずいぶんと柔らかな印象を受ける。が、すぐに、くすりといつもの勝ち気な笑《え》みを浮かべた。

「もっとも、あなたが浪人しなければの話だけれど」

「俺が一番不安に思ってることピンポイントで突くのやめて？」

ガチのマジで洒落《しゃれ》にならないやつなんだよなぁ……。まぁ、うちは両親が「浪人は認めん、受かったところへ行け」という方針だから浪人したくてもおそらくできないのだが。となると、かなり本気で受験勉強に打ち込まねばならない。ふえぇ……、一度失敗すると這《は》い上がれない日本社会怖すぎるよぉ……。

俺が戦々恐々《せんせんきょうきょう》ガクブルに震《ふる》えていると、雪ノ下は呆《あき》れたように肩を竦《すく》める。

「その体たらくでよくスカラシップについて聞く気になったわね」

「俺にとっては貴重な金策手段だからな」

言うと、雪ノ下はああと小さく頷く。

「昔、そんなこと言っていたわね」

予備校の中には、成績優秀者に奨学金として授業料を一部免除する制度を設けているところがある。このスカラシップを取れば、親からもらった予備校の学費との差額が俺の懐にまるまる入ってくる。小金の錬金術師の誕生だ。

まぁ、高三ともなるとそのハードルがぐっとあがるし、周りも本腰入れて勉強してるしで、難しそうではあるんだが……。

と、ぐぬぬと苦い顔をしていると、雪ノ下《ゆきのした》が気遣わしげに聞いてくる。

「そんなにお金に困ってるの？」

眉《まゆ》をハの字にし、今にも財布《さいふ》を取り出すんじゃねぇのってくらい潤《うる》んだ瞳で心配そうに言われてしまうと、なんだが自分がクソみたいなヒモ男になった気分がしてくる。

うーん、存外悪くない。いや、悪い。居心地や外聞が悪い。

俺はげふげふ咳払《せきばら》いし、その居心地の悪さをさくっと誤魔化す。

「困ったら親から借りるから問題ない。それか最悪バイトする。ド短期で一日だけとかなら、まぁなんとかなるだろうしな」

などと適当ぶっこくと、雪ノ下は安堵《あんど》と呆《あき》れが入り混じったようなため息を吐《つ》き、こめかみを軽く押さえる。

「働くというのが最悪の選択肢なのね……」

そして、ふとなにか思いついた様子で顔を上げた。

「……うちで働く？　普通のアルバイトよりは割りがいいと思うけれど」

「ははは絶対いやだ」

雪ノ下の家が建築土木関係の会社を経営してるとは聞いたことがあるが、そこで働くと言われても具体的に何をやるかがさっぱりわからん。普通にガテン系か？　いやいや、でも、雪ノ下家だからな。何をやるかというより、何をさせられるかわかったもんじゃねぇ。

組織図上どうなってるかは知らんが、どうせ母のんが実質的トップなんでしょ？　もうそれだけでパワハラじゃん……。

それに、父のんも俺に好意的に接してくれるとはとても思えん。未《いま》だ父のんに会ったことはないが、可愛《かわい》い娘に近づいてきた男とか排斥対象だろ。俺が雪ノ下の父親だったら、雪ノ下に近づく男子は全員殺す自信がある。

というわけで、丁重にお断りしたのだが、雪ノ下はそれで気分を害するということもなく、頤《おとがい》に手をやり、なにやら考えていた。

「そう……。ちょうどいいタイミングだと思ったのだけれど……」

なに？　なんのタイミング？　とは、ちょっと怖くて聞けなかったので、俺は話題を変えにかかった。

「まぁ、スカラシップは大してあてにしてないから別にいいんだが、あれだな。問題は他の環境だな。立地や設備、サポート体制、その他諸々……」

俺がぶつくさ呟《つぶや》くと、思索にふけっていた雪ノ下もぱっとこちらに顔を向ける。

「他の予備校にするの？　今日のところ良かったと思うけれど……」

「や、別に文句があるわけじゃない。比較検討したいってだけ。まぁ、講師の質は実際に一年通して受けてみるまで正直判断つかんから、それ以外のとこを比べることになるが」

言うと、雪ノ下《ゆきのした》はこてんと首を傾《かし》げる。

「それ以外っていうと、自習室の大きさや資料の多さとか？」

「まぁ、それもあるが……」

言いつつ、俺はふむと考える。

自習室の広さ、席数は確かに重要だ。勉強しようと意気込んで来たのに、混雑していて席を確保できなかったらその日一日なんだかなーという気分になってしまう。参考書や過去問等の貸し出しも、サポートとしては大変ありがたい。

が、それもこれも、ちゃんと予備校に行く気があってこその話だ。遠いと行く気にならないし、ゲーセン等々の誘惑が多い場所も避けたほうがいい。受験勉強とはつまるところ、「やらない言い訳」をいくつ潰《つぶ》せるかにかかっている。

となれば、モチベーション管理がしやすい場所を選ぶべきだ。

そう考えると、優先すべき事項はおのずと決まってくる。

「……一番は近くにうまい店があることだな」

古人曰く、腹が減っては戦はできぬ。

うまい飯こそはやる気に繋《つな》がる。逆にしょんぼり飯だと、やる気もしょんぼりだ。

うむ、これだな……と、俺は自分で納得していたのだが、聞いていた雪ノ下は深々とため息を吐《つ》く。

「そんな理由で選ばれるとは予備校側も思ってないでしょうね……」

「いや、モチベーション管理には重要な要素だ。夏期講習とかだと一日に二コマ三コマ入れてそのうえ自習室籠るから一日中そこにいるわけだろ？　当然、近くで飯を食うことになるが、食事は単なる栄養補給の他、リフレッシュの意味も兼ねている。うまい店があるところを選ぶにこしたことはない」

うまい飯屋は救世主なんだよ（メシアだけに）とか言いたくなるのをぐっと堪《こら》える。くだらないこと言うと呆《あき》れられちゃうからな。

とか思ったけど、雪ノ下ってばもう呆れてるみたい！

「屁理屈のくせに、とんでもない説得力があるのが腹立たしいわね……」

雪ノ下は頭痛を堪えるようにこめかみに指先を当て、ドン引きの様子で頰《ほお》を引きつらせていた。が、不意にその頰を緩《ゆる》め、呆れたような諦めたような柔らかな吐息を漏らす。

「……けど、確かに考えたことなかったかも」

「だろ？」

まぁ、飯で選ぶとうまいラーメン屋の近くに限られてくるのが問題だが……。ついでに欲を言うなら近くにサウナがあるのがモアベターだが、さすがにそれは贅沢言い過ぎかもしれない。勉強しに行ってるのか整いに行っているのかわからなくなっちゃうからな……。

など叶《かな》わぬ願いに思いを馳《は》せていると、向かいの雪ノ下《ゆきのした》がふむと頷《うなず》く。

「では、次はどこの予備校見に行きましょうか」

「え？　行くの？」

つい聞き返せば、雪ノ下はきょとんとした顔で小首を傾《かし》げている。

「行かないの？」

「いや、行くけど……」

俺はよその予備校も見に行くつもりだが……。雪ノ下はその必要なくない？　別に一緒じゃなくてもよくない？　そんなことない？　今日行ったとこ気に入ったんじゃないの？

そんな考えは俺の尻すぼみの声音《こわね》にも、怪訝《けげん》そうに眉《まゆ》を顰《ひそ》める眼差《まなざ》しにもばっちり表れていたのだろう。

雪ノ下はそれに気づくと、あっと口元を押さえた。その手が次第に、頬《ほお》全体を隠すように上がっていく。そして、そっと視線を逸《そ》らすとぽしょりと呟《つぶや》く。

「一緒のとこ、行くんだと思ってた」

切れ切れのか細い声音で言うと、雪ノ下の頬がぶわっと朱に染まる。だが、それをどうのこうの言う気は起きない。俺もめちゃめちゃ頬が熱くなってる自覚がある。

「や、別に一緒でもいいんだけど……。そういうのはなに、好みというか合う合わないとかがあるからよく考えたほうがいいだろ、知らんけど」

へどもどでぶつくさ言う俺の言葉を雪ノ下はこくこく頷いて聞いている。それでいくらか冷静になったのだろう。

雪ノ下は椅子《いす》に座り直し、そのついでにスカートの裾《すそ》を整え整えし、肩にかかった髪を手櫛で梳《す》いて、居住まいを正す。

「考えてないわけではないのだけれど……」

やがてそう前置きすると、小さく息を吸い、そして口早に言った。

「モチベーションを維持するために、環境を重視するという比企谷《ひきがや》くんの意見は至極《しごく》もっともだと感じました。なので、私も環境を重視しようと思います」

「そ、そうですか……」

なぜ丁寧語《ていねい》……。俺まで丁寧語で返してしまった。

「で、環境を考えるなら……」

それまでいかにも理路整然といったふうに話していた雪ノ下だったが、そこで言葉に詰まる。どうした？　と視線だけで窺《うかが》うと、雪ノ下は小さく首を振り、「えっと……」と言葉に悩むように呟いて、前髪を直し直しながら続けた。

「環境を考えるなら、その、一緒の方が頑張れると思うし……」

雪ノ下はえへへと照れたようにはにかみ笑いを浮かべ、しきりに手櫛で髪を梳く。

常よりもずっと砕けてぐっとあどけない微笑《ほほえ》みを目の当たりにし、俺は頭を抱えてしまう。

マジかよ、こいつ……。勘弁してくれよ、ほんと……。頭抱えてプルプルしちゃうよ……。大丈夫？　理性息してる？　シテルヨ！　よかった。してたみたい。

こんなのもう同じ予備校行く以外の選択肢なくない？　いやこれ無理だって。断る理由とか全然思いつかないし。ただ一つ懸念点があるとすれば、勉強に集中できる気が全くしないというところだが、どの道「今何してるかな」とか思うに決まってるから大差ないと言えばない。むしろ、余計な心配しなくて済むこと考えれば逆に建設的まである。よし、言い訳終了。

油断すると、そのままゆるゆると緩《ゆる》んでしまいそうになる頰《ほお》にぐっと力を入れ、殊更に重々しい表情を作ってうむと頷《うなず》いて見せる。

「まぁ、あれだな、いろいろ比較検討してみて、結果的に同じ予備校へ通う可能性は充分考えられるな。というかたぶんそうなるし、絶対そうします」

が、しかし、言ってる傍《そば》から取り繕っていたものがぽろぽろ剝《は》がれ落ちていく。さっきの名《な》残《ごり》なのか、俺の語尾に変に丁寧《ていねい》な口調が混じると、それに影響されたのか、雪ノ下《ゆきのした》も殊更かしこまった様子で頷いた。

「は、はい……。そのつもりでいます……」

そして、お互い面映《おもは》ゆさにそわそわと視線を彷徨《さまよ》わせてしまう。

俺は努めて平静であろうと、とっくの昔に冷め切ったコーヒーにふぅふぅと息を吹きかけ、雪ノ下は手持ち無沙汰《ぶさた》を誤魔化すように鞄《かばん》をガサゴソやっている。

その間、会話らしい会話もなく、ただ時折、ちらっと目が合っては微苦笑交じりの照れ笑いで頷き合うだけだ。

何だこの時間は……。めちゃめちゃ恥ずかしいな……。唐突に死にたくなってきたゾ。

ここはひとつ、違う話題で無理やり空気を変えちゃおっと！　というわけで、ぐびりとコーヒーを飲むと、頭も表情もきりっとさせる。

「あ、そうだ。昨日、ありがとな。小町《こまち》のお祝い、買いに行ってもらっちゃって」

と、今思い出したふうに切り出すと、雪ノ下もぱっとこちらを向く。そして、小さく頭を振ってにこりと微笑《ほほえ》んだ。

「いえ、私たちもなにか贈りたいと思っていたから。こっちこそありがとう。昨日、部活任せちゃってごめんなさいね」

それに今度は俺が軽く頭を振る。

任されたと言っても、別に大したことはしていない。相談やら依頼やらが来たわけでもなく、お留守番がてら、小町と一色《いっしき》とだらだら喋っていただけだ。

ただ一点、気がかりなことがあるにはあるが。

と、そんな思いは顔に出ていたのだろうか。雪ノ下が小首を傾《かし》げる。

「なにかあった？」

「いや……。まぁ、あったっちゃああったんだが……」

そんな要領を得ない返答をしつつ、なんと説明したものか、言葉に悩む。

昨日一色《いっしき》から持ち込まれた話は問題というほど大きなものではない。あくまで確認されただけのこと。俺がそこに問題を見出《みい》だしているだけ、とも言える。

だから、まずは俺の主観を省いた事実のみを伝えるべきだろう。

「一色曰く、今度学校説明会があるんだと。で、そこで部活紹介の資料？　作るらしいんだが、うちは載せるか載せないかって話になってな」

端的にそれだけ言うと、雪ノ下《ゆきのした》は頤《おとがい》にそっと指を当て、しばし考える。

「来年以降の奉仕部に関わってくる問題ね。正式な部活動である以上、載せないのも難しい気はするけれど……」

それは俺が抱いた懸念とおおよそ同じものだ。

「まぁ、新規で部員を募集しないのであれば、なんとでも言い抜けられるでしょうね」

そして、ふむと結論づけたその答えもおおよそ俺と同じ。

この問題で問われているのは、結局のところ、ただ一つ。

来年以降、奉仕部をどうしていくつもりなのかと、それだけだ。

「小町《こまち》さんはなんて？」

「あんまり乗り気ではなさそうだったな」

「そう……」

言ったきり、雪ノ下は口を噤《つぐ》む。

噤まざるを得ないのだ。俺と同様に。

俺は意見こそできても、決断を下すことはできない。いや、これは卑怯《ひきょう》な言い方だ。意見することさえできずにいるのだから。

俺が奉仕部を残してほしいと言ったなら、きっと小町は自分の意志にかかわらず、それを守るだろう。そうやって、委ねて、歪めてしまうのが俺は恐ろしいのだ。

「あの部室、意外に広いのよね。去年は気にもならなかったのに……」

不意に雪ノ下がぽつりと呟《つぶや》く。その声音《こわね》は小町を気遣うような寂しい響きがあった。あの部室に一人でいる時間を雪ノ下は知っているのだ。

小町もまたその時間を過ごすことになる。俺の主観でものを言うのであれば、小町はあの部室に取り残される形になる。だからこそ、余計に寂寥《せきりょう》感があるのかもしれない。

小町と二人きりの部室で抱いた想像を思い返していると、それを打ち破るような明るい声音がした。

「……けれど、広い分だけ、たくさん人が入ると思う」

ふと顔を上げれば雪ノ下は口元を綻《ほころ》ばせ、柔らかに笑《え》んでいた。雪ノ下の言葉が今一つ飲み込めず、俺はつい首を傾《かし》げ、どういうことだと視線だけで聞き返す。

すると、雪ノ下はやや得意げに薄い胸を反らして、勝ち気そうな表情を浮かべた。

「自分で言うのもなんだけれど、私が部長をやっていても、あの部室に人が来るようになったのよ？　由比ヶ浜《ゆいがはま》さんだって入部してくれた。小町《こまち》さんが部長をやるなら千客万来じゃない」

「反論できねぇなぁ……。特に、私が部長をやっててもってところが」

ははっと俺が乾いた笑いでまぜっ返すと、雪ノ下《ゆきのした》はくすりと微笑《ほほえ》む。

「でしょ？　その中にはきっと得難い出会いもあると思う。……私たちみたいに」

冗談めかしてそう言うが、その声音《こわね》には真摯《しんし》な温かみがある。見つめる眼差《まなざ》しはこの一年を振り返るように穏やかで、最後に一言添えた時、少し照れたように細められた。

「そうか。……そうだな」

ようやく得心が行った。

俺は俺たちという関係性に拘泥《こうでい》しすぎていたのかもしれない。

いや、神聖視していたと言ってもいい。

心のどこかで、今の奉仕部の在り方、つまりは小町を含んだ今の在り方こそが至上で最高で完璧に完結しているように思っていたのだろう。

そうでなければ、小町が「残される」などという言葉は使わない。

俺は知らず知らずのうちに自身を取り巻く環境を絶対視し、手前勝手な主観に基づいた見当違いな感傷を抱いていたのだ。

なんたる身勝手。なんたる傲慢《ごうまん》。近視眼的で視野狭窄もいいところだ。どんだけ浮かれて調子こいてんだこいつは。アホかと。死ねと小一時間どころか向こう十年言ってやりたい気分だ。

俺たちの関係性が完璧だったことなどあるだろうか。

否、まったくの否である。

いつもどこかで歪み、綻《ほころ》び、時に絶え、それでもなおか細く繫《つな》がり、未《いま》だにまちがい続けながら広がるものが俺たちの関係性であったはずだ。

きっと小町もそうなのだろう。これからたくさんの出会いがあって、それが小町にとってかけがえのない関係性を築くに至ることもある。そんなの、まったくもって当たり前の話なのに、俺は自分の抱いた感傷のせいで、そんなことさえ見落としていたらしい。

俺が小町に伝えるべきは「好きにしたらいい」とか「自分で決めればいい」なんて責任転嫁の逃げの言葉ではなく、無論「奉仕部を残してほしい」などという甘ったれてしみったれた願いでもなく、もっと別のことなのだ。

それに思い立って、俺は深く、そして長い長いため息を吐《つ》いた。ようやく魚の小骨のように痞《つか》えていたものが取れた気がする。

「ありがと」

ぽそりと口の端で呟《つぶや》くと、雪ノ下はさらと髪を払って微笑む。

「どういたしまして。何に対するお礼かわからないけれど」

本当にわかっているやらいないやらそれは定かではないが、すっとぼけてくれるなら、俺もそれに乗らせてもらおう。

「や、さっきのプレゼントの話。これで心置きなくお祝いできると思って」

「そう。それは良かったわ」

余裕ありげに微笑《ほほえ》んで、雪ノ下《ゆきのした》はロイヤルミルクティーに口をつける。俺もそれに倣《なら》って、とっくに冷め切ったコーヒーをちびりと飲む。

しかし、落ち着いていた時間はその一瞬だけだった。

次第に雪ノ下はそわそわと目を泳がせ始める。そして、意を決したようにうんと頷《うなず》くと、先ほどがさごそやっていた鞄《かばん》へと手を伸ばした。

「……お祝いで思い出したのだけれど」

こほんと咳払《せきばら》いして前置きのようにそう言って、鞄からセロハンの包み紙を取り出す雪ノ下。すすっと頭を下げて、そーっと、ライオンに餌付けするような慎重さでそれを差し出してきた。

「これ……」

と、呟《つぶや》く声音《こわね》とその両手はちょっとぷるぷるしている。ぷるっているおかげで見づらいが、その包みはどうやら手作りクッキーか何からしい。

恐る恐る受け取ってみれば、袋の中には市松模様やら星形やらハートマークやらとまぁ、いろいろ種類がございます。

「お祝いというか、記念というか……。でも、そこまで大したことでもないから、あまり高いものを用意するのも違うかなと思って、いろいろ考えたのだけれど……」

「ほう……」

なんかめっちゃ早口でいろいろ言う割りに情報量がほぼねぇな。結局なんだ？　試食とかそういうノリじゃないのだけはわかったが、妙に意味ありげだな……。

別に今日は誕生日やらハロウィンやらクリスマスやらバレンタインデーというわけでもない。特にお菓子をもらういわれはないはずだが……。

え？　なんで？　と、雪ノ下をじーっと見ていると、雪ノ下はこそっと視線を外し、前髪を指先で払い、ぽしょぽしょと切れ切れの言葉を続ける。

「ちょっと遅くなったけれど、一か月、だから。……その記念」

言って、ちらりと俺を窺《うかが》うような視線を送ってくる。

「なるほど」

と、即座に真顔できりっと答えはしたものの、その実、俺の頭脳は一気にフル回転していた。

なんの？　なんの記念？　とか聞けないやつだなこれは……。いや、聞いてはいけないやつだな……。

俺の知ってる記念なんて有馬か宝塚くらいのものだが、しかし、一か月というキーワードがヒントになっているはずだ。

むむっと考えながら、雪ノ下をじーっと見て、その答えを探す。

……照れ照れしてるのめっちゃ可愛《かわい》いな。

とかいう感想は、答えに気づいてすぐにすっ飛んだ。瞬間、内心でさーっと血の気が引いていく。

この約一か月を振り返るに、俺と雪ノ下《ゆきのした》の間で、記念するような出来事などそう多くはなく、しかし、多くはないということは、逆に言えば確実に一つはあるのだ。

その一つの出来事と一か月という言葉を紐《ひも》づけて考えれば、おのずと答えは出る。

──世にいう『一か月記念』というやつだ。

やっべ……。

この子、その手のことをちゃんとやるタイプなのね？　それ早く言ってよぉ～！　それ覚えてないと絶対喧嘩《けんか》になるやつじゃん。パチンコ屋逃げ込み、時間つぶして気持ち落ち着かせて景品の化粧品持って謝りに行く羽目になるやつじゃん。

「……俺、なんも用意してないんだけど」

下手《へた》に誤魔化したところで、どうせすぐバレるので正直に言うと、雪ノ下はふるふると首を振る。

「私が勝手にやっているだけだから」

「あ、そう……。いや、でもそれもなんかさ……」

返報性の原理ってあるじゃん？　こっちもちゃんとやんないといけない気になるじゃん？

と、俺がまごついていると、雪ノ下がくすりとからかうように笑う。

「別に気にしないでいいのに。そうね、では、そのうちやってもらうということで」

「そのうち……。ああ、うん、そのうちな、そのうち……」

俺はそのうちそのうち……とうわごとのように呟《つぶや》いて、はたと気づく。

「一か月の次っていつ？　どのタイミングでやるもの？」

そういうの全然わからん……。ググれば出てくるのか？　それともインスタでうんたら記念的なハッシュタグ調べたほうが早いか？　しかし、それだと、毎日がスペシャルなサラダ記念日気取りの投稿が出てきそうだな。

頭を悩ませていると、これには雪ノ下も少々困っているようだった。

「どう、なのかしら……。いつでもいいと思うけれど……。でも、やるなら切りよく一年記念とか？」

「一年……」

おいおいまったく想像つかねぇな。実際に口にしてみても、実感がわいてこない。

一年後は高校も卒業しているし、新生活の真っただ中にあるはずなのだが、今一つピンと来ない。ていうか、その時、俺ちゃんと大学合格してんだろうな。もし、落ちてたら、未来の俺が、今この瞬間の俺を殺しに来ると思うぞ。

あまりに茫洋《ぼうよう》とした未来のことに絶句していると、その沈黙を困惑や拒絶とでも捉えたのか、雪ノ下《ゆきのした》が慌てて言い添える。

「み、短い？　じゃあ、……じゅ、十年記念とか」

「じゅ……」

雪ノ下が言葉を一瞬詰まらせた部分とまったく同じ個所に俺も引っかかる。

いや、十年て……。プロ野球選手でもそうそう聞かねぇ大型契約だぞ。

気が長すぎる話はさすがに雪ノ下も言いながら違うと思ったのか、すぐに言い直した。

「ほんとにいつでもいいから……、あまり気にしないで……」

そして、ぶわっと赤くなった頰《ほお》を押さえ、指の隙間から潤《うる》んだ瞳を覗《のぞ》かせる。

目が合った瞬間、俺も頰を隠すようにして頭を抱えてしまった。

ほんとさぁ、あのさぁ……。マジかよ、こいつ……。勘弁してくれよ、ほんと……。こんなの十年どころか何十年経っても忘れられる気がしねぇよ……。大丈夫？　理性息してる？　もしもし？　理性？　もしもし？

×　　×　　×

まぁ、別にわたしが気にするようなことじゃないんだけど……。

部員でも何でもないし、今日来たところで、昨日の話が解決するわけじゃないのはわかっているんだけど。

それでも、あの広い部室に先輩とお米ちゃんが二人きりでいる姿を見てしまうと、仕方ないから行くかぁという気分になってしまう。

まぁ、もともと、先輩たちがいる間はなるべく顔出そうと思ってたから、別にいいんだけど。というわけで、今日も今日とて、奉仕部の部室に来てしまっているわたし。

わたしと結衣《ゆい》先輩とお米ちゃん。

三人きりの部室は、やっぱり昨日と同じく、どこかすかすかに見える。

できれば、昨日話した内容、さくっと詰めときたかったんだけど……。予備校見学だかクソデートだか知らないですけど、夏前はわたしも結構忙しいんですからね。なんて思いながら、二つ並んだ空席の一つをじろりと睨《にら》む。

と、その空席を見ていたら、ありゃと気になってしまった。

「ていうか、結衣先輩は予備校見学行かなくてよかったんですか？」

「へ？」

わたしがぶっこむと、それまでふっつーにお菓子むしゃって、お茶ぐびってた結衣先輩はびくっと背中をはねさせて、またお菓子をむしゃる。

そして、えーっと……と、考えながらむしゃると、お茶と一緒にぐびってから、お団子髪を撫《な》でて困ったように笑った。

「やー、どうしようかなーとは思ったんだけど……」

結衣《ゆい》先輩があははーと笑って誤魔化すのを見て、わたしはこそっと横のお米ちゃんに耳打ちした。

「この人、守りに入ってるよ」

「あえて一歩引く作戦なのでは……。駆け引きとは逃げや先行だけではなく、差しや追い込みもあると聞いたことがあります」

なんか胡散臭いこと言ってほうほう訳知り顔で頷《うなず》くお米ちゃん。

なにいってんだこいつ……。とか思って横目で見てると、結衣先輩がびしっと手を突き出し、断固反論しにかかる。

「や、そういうんじゃなくて。後からヒッキーに聞いて同じとこ行けばいいかなって思って」

すると、今度はお米ちゃんがすすっと顔を寄せて来て、ひそひそ話。

「これは攻めてるのでは？」

「確かに……。後出しじゃんけん最強すぎる……」

……まぁ、あの人、教えてとか手伝ってとか助けてとか頼まれたら、ぶつくさ言いながら普通になんとかしてくれるからなぁ。さすが結衣先輩、付き合い長いから心得てるな～。なんて、感心してたら、結衣先輩はわたわたばたばた手を振っている。

「ちがくて！　そういうのじゃ全然ないから！　なんか同じようなとこ受けるから参考にする

って話だよ！」

「そうなんですか？」

「うん。私立文系だから、まぁ、たぶんだいたい同じ？」

お米ちゃんがほけーと口を開けて、こてんと首を傾《かし》げる。答える結衣《ゆい》先輩はうんうん頷《うなず》いてたけど、最後はなぜか自分の進路の話なのにくてんと首を傾げていた。

ついでに、わたしもふむと小首を傾げて考える。

「そっか。結衣先輩も受験するんですもんね」

「するよ!?」

ついぽろっと口に出してしまったわたしの言葉に、結衣先輩がすんごい勢いで振り返る。そして、ひんひん泣きそうな顔をしていた。

「えぇ……、いろはちゃん、あたしのこと、結構バカだと思ってる？」

「いやいや、そういうことじゃなく。結衣先輩が受験するのは知ってましたよ、わかってましたよ。ただ改めてそう思ったというか……」

わたしは慌てて言い添えながら、こそっと目を逸《そ》らす。や、後ろめたいとかじゃないんです。結衣先輩頭がちょっとアレだなとは思ってましたけど、ほんとちょっとなんで……。

と、目を逸らした先にあるのは、二つの空席。

たぶん、ただ視線を逃がしたってだけじゃなくて、わたしは無意識のうちに、そこを見ていたんだと思う。

昨日今日と先輩たちがいない部室に来て、お米ちゃんがいつもよりずっとおとなしい姿を見て、予備校とか受験とか具体的になってきた未来の話を聞いて、わたしは改めて実感したのだ。

本当に、いなくなるんだって。

「ああ、うん。……だから、夏まで、とかかなぁ」

結衣先輩の優しい声はわたしのあわあわした言い訳への返事ではなくて、ゆっくりと眺める部室に向けたものだったのかもしれない。

積まれた机とか、揺れるカーテンとか、少し遅れた壁掛け時計とか、隅に置かれたクリスマスの残骸とか、うっすら書きかけの文字が残る黒板とか、ティーセットの置かれたテーブルとか、二つ並んだ空席とか。

結衣先輩は一つ一つ見つめては愛おしげにちょっと目を細めた。そして、つやつやの唇が少しだけ弧を描く。

その大人びた微笑《ほほえ》みを見ていたら、わたしは知らず湿った吐息を漏らしていた。

やばい。わたし、泣くかも。

まだ全然卒業でも引退でもなんでもないのに、変なスイッチが入っちゃいそう。こんな意味わかんないタイミングで泣くなんてもったいないから、わたしは代わりにはぁ～と大きくため息を吐《つ》いた。それはもう面倒そうに、かったるそうに、疲れた感じで。

「夏かぁ～。じゃあ、学校説明会はギリ間に合わない感じですかね～」

って、無理やり違う話題を振った。

結衣《ゆい》先輩ははてなと首を傾《かし》げ、なんかあるの？　って、大きな瞳で聞いてくる。

「や、なんかうちを受験する中学生向けの説明会があるんですよ。で、学校見学のツアーとか、部活紹介とかやるんです」

「へー」

さっきまであんなに綺麗《きれい》で大人な微笑《ほほえ》みを浮かべていた結衣先輩が、今はぽけーっと口を開けて頷《うなず》いている。おかげで潤《うる》んだ瞳が秒で乾いた。

ついでだし、結衣先輩に聞いちゃおっと。

これは今のうちに、先輩たちがいるうちに、片をつけておかないといけない問題だ。でないと、今っていう時間に縛られて、そのうち過去に囚われて、わたしもこの子もどこにも行けなくなってしまう。

わたしはうーんなんて腕組みして首を捻《ひね》って、話の続きを口にする。

「で、その部活紹介の資料作らなきゃなんですけど、そこに奉仕部載せるかどうしようかって話してましてて。ね？」

隣に話を振ると、お米ちゃんはわたしと同じようにうーんと腕組みして首を捻る。

「ですなー。どうしましょうね～」

まじりっけなしのゼロ回答が返ってきた。まぁ、昨日の今日でお米ちゃんの答えが変わっているとは思ってないからいいんだけど。結衣先輩、どう思います？　と、わたしが視線をやると、それに食い気味な返事が返ってきた。

「いいじゃん、載せようよ。新入部員じゃんじゃん入れよう」

あの時、先輩が詰まらせていた言葉を、結衣先輩はさらっと口にする。

きっと結衣先輩はそう言うだろうなと思っていた。

先輩と雪乃《ゆきの》先輩が気を遣ったつもりで言わないようにしてることを、その気遣いも遠慮も全部わかっていながら、それでもあえてアホの振りしてちゃんと言葉にしてくれる人なのだ。

それにお米ちゃんはうーんと悩ましげに唸《うな》ってから、苦笑交じりに混ぜっ返す。

「小町《こまち》的には、まあ、しばらくそういうのはいいかなーと思ってるんですけどねぇ……。兄の面倒で手一杯ですし」

「あー。うん、まぁ、ヒッキーはね」

なんて結衣先輩は優しく乗っかって、呆《あき》れたみたいに苦笑いするけど。わたしは笑う気になれなかった。

まぁ、お米ちゃんはそうだろうな。とは思ってた。冗談っぽく言ってるけど、たぶん結構マジなやつだ。本当に今のところ新入部員のことなんて考えられないし、先輩のあれこれに気を回してるのはほんとのこと。

だから、たぶんお米ちゃんが大事にしたいのは奉仕部そのものではなくて、この奉仕部。この子が守りたいのは、あくまで先輩たちのいる場所と時間なのだ。それはわたしがほんの一瞬、奉仕部がなくなるなら生徒会でできないかな、なんて考えてしまったのと少しだけ似ている。

……いや、お米ちゃんがほんとのところ、どう思ってるかは知らないけど。

わたしがわかるのは、わたしのことだけ。だから、わたし基準に想像するしかない。

少なくとも、昔のわたしは思っていたのだ。わたしを含めた異分子をそこに入れたくはないと。今はそんなこと全然思ってないし、なんなら知らんがなって感じ。

だけど、結衣《ゆい》先輩がぽつりと呟《つぶや》いた言葉にはつい反応してしまった。

「うーん、でも、そのうち誰か入ってくるんじゃないかなぁ……」

「えっ、そうなんですか？」

「誰かいるんですか？」

「え、や、ごめん全然わかんないけど。なんか言ってみただけ」

わたしとお米ちゃんが食いつくと、結衣先輩はちょっと引いた感じで口早に謝った。なんだよ適当かよ～！　食い気味で反応しちゃったじゃないですか……。って、むーっとむくれて結衣先輩を見る。すると、結衣先輩はぽんと手を打ち、自分フォロー。

「あ、でもほら、先のことはわかんないじゃん？　新入生だけじゃなくて、普通に誰か入るかも。あたしなんて、二年の今頃だよ、入ったの。ヒッキーもそんくらいだし」

「そういえばそうですね……」

お米ちゃんは納得したように言うけど、昔を知らないわたしは、へー、そうなんだって反応になってしまう。そういうの全然聞いたことなかった。わたしが奉仕部へ行ったときにはもう三人ともいて、だから、ずっといるもんなんだと思ってた。

そして、結衣先輩はでしょでしょと大きく頷《うなず》き、あっけらかんと笑う。

「だから、そんな感じになるんじゃないかな。……あたしたちみたいに」

って、結衣先輩はなんでもないことみたいに言うけれど。

「やー、先輩たちみたいって言われると正直キツいっす」

わたしは真顔でないないと胸の前で手を振り、お米ちゃんはしょんぼり肩を落として苦笑い。

「小町《こまち》もちょっと自信ないです……」

「ええ……、あたし、いいこと言ったつもりだったのに……」

結衣先輩はおかしいなぁと首を傾《かし》げてるけど、そんなのわかるでしょ。

先輩たちみたいな、死ぬほどめんどくさくて、どこまでも拗《こじ》らせてて、まちがいだらけの関係はそう簡単に作れない。ていうか、むしろ嫌だ。どんなにわざとこんがらがらせても、先輩たちよりはずいぶんマシでまともな関係を器用に築けてしまう。

けれど、たぶんどこかでまちがえるから。

きっとわたしもこの子も、そんな関係を手にしてしまう時があるかもしれない。

なんて思って、ちらっと横を見れば、お互い目が合ってしまう。

わたしたちは肩を竦《すく》めて、ため息吐《つ》いて、くすりと小さく笑った。

×　×　×

明くる日の放課後。

俺を含めて二日ぶりに奉仕部全員が揃《そろ》った部室には穏やかな空気が流れていた。

開け放した窓からは初夏を思わせる薫風に乗って放課後のメロディが届けられてくる。

ほんの数日でそう変わりはしないのだろうが、しかし、それでも、心なしか吹奏楽部の音色もランニングの掛け声もどこか息が合ってきたように感じる。

少しずつではあるが、日常は常に変化し続けているのだ。

それは奉仕部の部室とて例外ではない。

互いの椅子《いす》の距離やスカート丈、交わす言葉数に、ページを繰る速度。どれもこれも、数値にすれば些細《ささい》な違いしかないが、それでも確かに変わっている。

無論、数値に表しきれないものも変わりゆく。

たとえば、鼻歌交じりにスマホをすます弄る小町《こまち》の表情の明るさなんてその最たるものだ。兄の俺から見れば、一昨日の放課後に比べて心なしかすっきりとしているように思える。

だが、それはルクスでもカンデラでもルーメンでも表せるものではなかろう。

ただ俺がなんとなくそう感じるというだけのこと。

はて、昨日の夜からそうだったろうかと思い出そうとしたが、生憎《あいにく》と昨日一度理性が死んだのでちょっと思い当たる節がない。けれど、物憂げな様子を見た覚えもないので、察するに昨日の放課後、なにかあったらしい。

しかし、変化というならば、今、この部室で一番大きな変化があるのは雪ノ下《ゆきのした》だ。

普段なら既に紅茶の準備を終えているはずの雪ノ下が、今日はまだなんの準備もしていない。

というのも、さっきからこの子、ずーっと小町の方をちらっと窺《うかが》っては、その視線を由比ヶ《ゆいが》浜《はま》へやり、頷《うなず》いたり首を振ったりしている。

それもこれも小町へのサプライズプレゼントのタイミングを探っているからだ。

気持はわかる。気持ちはわかるが、少し落ち着いてほしい。その怪しい所作に、一色《いっしき》が怪訝《けげん》そうな顔してるから。めっちゃ見てるから。サプライズ下手《へた》かな？

今にも一色が「あのー。なにしてるんです？」と聞いてきそうなところで、ついに由比ヶ浜がうんうんと頷き、ゴーサインが出された。それに雪ノ下は任せなさいとばかりに勝気そうに笑《え》んで肩にかかった髪を払う。

そして、すっと立ち上がりお茶の準備を始める雪ノ下。すかさず由比ヶ浜が椅子ごと小町の方へ体を向ける。

「小町《こまち》ちゃん、ヘアピン変えた？　それ初めて見るかも」

なんて話しかけつつ、由比ヶ浜《ゆいがはま》が小町の注意を引く。

「お？　そうですか？　久々につけたやつだからですかね」

「見せて見せて。ついでに前髪弄《いじ》っていい？」

「どうぞどうぞ」

由比ヶ浜が手招くと、小町はごろにゃんと頭をぶつける猫のように、頭を突っ込ませる。気づけば由比ヶ浜は鮮やかな手並みでもって、小町の視界をしっかりブロックしていた。

ほう、なかなかやりおる……。

などと感心している間にも、雪ノ下《ゆきのした》は実に手際よく、お茶の準備を進めている。

やがて、ケトルのお湯が沸くと、楚々《そそ》とした手つきでしずしずと紅茶を淹れ始めた。馴染《なじ》みのある香りがふわと広がり、ほのかな湯気が立ち上る。

ティーカップにマグカップ、紙コップ、そして湯呑《の》みと並べ、その横にこじゃれた小さな箱をそっと置く。その箱を丁寧《ていねい》に開ける様を見た一色《いっしき》が、そういうこと、と小声で漏らして、ちらと一瞬ごろにゃんしている小町を見やる。

「一色……」

小声で呼ばわると、一色は俺をちらと見た。それに、うんうんそういうことそういうことと小さく頷《うなず》いて、俺はそっと口元に人差し指を立てる。

その仕草で完全に理解したのか、一色は声もなく、ゆっくりと頷いた。一色ははらと流れた髪をそっと耳に掛けると、そのましなやかな指をぴっと立てて、そっと艶《つや》めく唇に押し当てると、ぱちりと片目をつむる。うん、いや、頷いてくれるだけで全然通じるから大丈夫なんだけど……。

などとドギマギしている間にも、雪ノ下がお茶の準備を終え、それぞれのカップへと注いでいく。

「どうぞ」

「ああ、ありがと」

俺の前に湯呑みが置かれ、ついで一色に紙コップ。さらに、由比ヶ浜のマグカップと順繰りにお茶は行き渡り、最後に、小町の前へ。

「小町さん。どうぞ」

雪ノ下が声をかけると、由比ヶ浜は小町の前からぱっと離れ、小町は自由の身になる。

「あ、ありがとうござえ、ん？　えっ！　お？　んん？」

そして、小町は目の前に置かれた紅茶を二度見、三度見し、頓狂な声を上げる。

「あの、これ……」

困惑した様子の小町が指差す先には、白とパステルグリーンを基調としたワイルドストロベリー柄があしらわれたマグカップがある。

触れていいやら悩んだように手をそわそわさせている小町《こまち》に、雪ノ下《ゆきのした》が頷《うなず》きを返す。

「少し遅くなってしまったけれど、奉仕部部長就任のお祝い」

「それと、また奉仕部を作ってくれたことのお礼。ありがとね」

由比ヶ浜《ゆいがはま》が少し照れたように微笑《ほほえ》みかけると、小町は二人の顔を交互に見て、感嘆とも躊躇ともとれる吐息を漏らした。

「い、いいんですか？」

「ええ。部長がいつまでも紙コップではかっこがつかないでしょう？」

「うん、部員の証《あかし》？　的な感じで使って」

二人に促《うなが》されるように言われてようやく小町は掌に感じる熱を確かめるようにそっとマグカップに触れた。そして、恐々と大事そうにきゅっと両手で握る。

「ありがとうございます……」

礼を言って、ぺこと頭を下げた小町の顔はなかなか上がってこず、ただ、すんと小さく鼻を鳴らす音がする。

それを見て雪ノ下と由比ヶ浜は顔を見合わせ、ふっと優しい微笑みを交わした。一色《いっしき》も頬杖《ほおづえ》こそついているが、うんうんと頷いているその眼差《まなざ》しは柔らかい。

俺はすっと居住まいを正して、小町の方へ向き直る。

「小町」

努めて落ち着かせた声音《こわね》で呼ぶと、小町はゆっくりと顔を上げ、手の甲でぐしぐし目元を拭《ぬぐ》う。瞳は潤《うる》んでいるけれど、その眼差しはまっすぐに向けられていた。

小町に言いたいことや伝えたいことはたくさんある。

お祝いとか感謝とか謝罪とか、その他諸々。

引継ぎ事項や、あるいは諸注意なんかもある。不安や心配、懸念点、申し送りしておきたいことは枚挙に暇《いとま》がない。

なんせ奉仕部は正直面倒だし、たいがい拗《こじ》らせた連中がめんどくさいこと持ち込んでくる厄《やっ》介《かい》な部活だ。俺たちが卒業した後、小町は大変な思いをするかもしれない。寂しく感じるときもあるかもしれない。辞めたくなる時もあるだろう。できれば、楽しいだけの時間を過ごしてほしいが、きっとそうはならない。

けれど、いいことも悪いことも嫌なことも辛いことも苦しいことも悔しいことも悲しいことも全部含めて、奉仕部だと思うから。

最初はなんだよこの部活って思っても、いつの間にか離れがたくなる感覚。

こんな奴と部活なんて無理だろって思ってたのに、どうしようもなく惹かれる感情。

他の誰に知られるでもないのに、ただ一人、自分だけが知っている感傷。

それらはきっと、どんな部活を選んでも、どんな友達と過ごしても、どこかで得られるものかもしれないけれど、俺が知っているのはここだけだから、他に伝え方がなくて申し訳ない。

だからせめて、そのすべてを余すことなく悉《ことごと》く、君のその手で触れて欲しい。

そんなのどうせ一言では言えないから、言葉程度で伝えられる気はしないから、みんなの前じゃ恥ずかしすぎて言える気なんてしないから。

俺は口の端だけでにっと笑い、もったいつけて居住まい正し、おどけた振りも織り交ぜて、伸ばした背筋を四十五度に傾ける。

「改めまして、比企谷《ひきがや》部長。よろしくお願いします」

間の抜けた俺の一礼をポカーンと見ていたが、すんと鼻を鳴らして、あはっと笑う。

「うむ！　よろしくお願いされました！」

小町《こまち》は薄い胸を反らすと、威儀を正して精いっぱい尊大に振る舞う。

それを見つめる由比ヶ浜《ゆいがはま》はうんと優しく頷《うなず》いて、雪ノ下《ゆきのした》は満足げな吐息を漏らす。頬杖《ほおづえ》ついた一色《いっしき》は呆《あき》れたような笑《え》みをこぼした。

「あ、そうだ。お礼っつったらあれなんだけど」

と、俺は一色をちらと見て、切り出した。それを合図に、由比ヶ浜は鞄《かばん》をがさごそ漁り、こじゃれた箱を取り出す。

「いろはちゃんにもお礼。ありがとね」

「は、はぁ……。それはどうも……。いや、どういたしまして？」

なんて答えればいいやら考えあぐねながら、一色は渡された箱を押し頂く。

「……開けてもいいですか？」

「どうぞ」

雪ノ下に促《うなが》されて、一色は包みを綺麗《きれい》に剝《は》がして、かぱっと蓋を開く。その中身を見て、小さな声が漏れ出た。

「は？」

きょとんと驚きに満ちた表情のまま、一色は箱の中身を取り出し、テーブルに置いてしげしげと眺める。その視線の先には白とパステルピンクを基調としたワイルドストロベリー柄のマグカップ。小町のカップと並べずとも、色違いの同デザインだとすぐわかる。

「え、あの、わたし部員じゃないんですけど……。いいんですかね？」

一色が戸惑い交じりに、照れ笑いで聞くと、由比ヶ浜がぽつりと呟《つぶや》く。

「違ったんだ……」

「そうなんですよ、実は。なのに、なぜかよく来るんですけど」

ひそひそこそこそ小町が由比ヶ浜に耳打ちする傍《かたわ》らで、雪ノ下はふっと呆れたようなため息を吐《つ》いて、肩を竦《すく》める。

「まぁ、今更ね。それに、一人だけ紙コップというのも不経済でしょ」

お、なんか聞いたことあるぞ、それ。ちょっと〜。生徒会長様にその言い草は不敬罪だゾ☆とか言うと、ボロカスに叩《たた》かれそうなので、黙っておきますね。

その代わりに、俺は一色《いっしき》にへこっと会釈《えしゃく》した。

「まぁ、なんかあったらよろしく頼む」

それを受ける一色はしばし目を瞬いていたが、やがてふふんと得意げに、薄いわけでもない胸を反らし、先の小町《こまち》をオマージュする。

「はい、よろしく頼まれました。……なんか軽くないですか？　お米ちゃんと比べて、わたしへの挨拶《あいさつ》軽くないですか？」

途中ではたと気づくと、一色はむーっとぶんむくれて、ガン詰めしてきた。

いや、全然軽くない。むしろ、俺は無駄に重い男と評判なんだとかなんとか適当こいて、それをあしらおうとしていると、一色の横からぴょこっと小町が顔を出し、くいくい袖《そで》を引く。

「いろは先輩、いろは先輩」

「はい？　なんです？」

一色が面倒そうに返事をすると、小町はささっとブレザーを払い、スカートの皺《しわ》を伸ばして、膝に手を置き、ちょこんと一礼。

「いろいろご迷惑をおかけすることもあるかと存じますが、今度とも何卒よろしくお願い致します」

「はぁ、まぁ、こちらこそ」

いきなり丁寧《ていねい》にお辞儀《じぎ》をされ、一色は困惑交じりに言う、と、その困惑の隙を突いて、小町がえへへーと笑いながらぶっこんでいく。

「それと、例の件もなんかいい感じにしといてください！　小町的には載せてもいいかなって気になりました☆」

「軽ぅ……、雑ぅ……。え、わたし、ちょっと真剣に悩んだんだけど……」

きゃぴるーん☆と死ぬほど軽いノリで言われ、一色はそれこそ死にそうな顔になっていた。それに小町はふんすと鼻息荒く、両の拳《こぶし》を握り、力強く言い切った。

「いろは先輩が真剣に悩んでくれたからこそなのですよ。あ、これはマジで」

「あ、そう……。もういいけど……。先輩、この子やっぱり倫理観ぶっ壊れてますよ」

ぐいぐい俺の袖を引き、一色が猛抗議してきた。俺はその手からやんわり逃れながら、一応は妹を擁護しにかかる。

「いや、そうやってノリで適当ぶっこくのが小町の照れ隠しみたいなとこあるから……」

なんて言うと、雪ノ下《ゆきのした》がふむと興味深そうに頷《うなず》き、頤《おとがい》に手をやる。

「そういうところは比企谷《ひきがや》くんと似てるのよね」

「でも、ヒッキーのは可愛《かわい》くないから……」

苦笑いでぽつりと、引き気味に由比ヶ浜《ゆいがはま》が言うと、一色ははっと鼻で笑う。

「お米ちゃんのも別に可愛くないですよ」

「むっ。あ、でもここでむっとすると小町が自分を可愛いと思っているみたいで、小町的にポイント低い……」

「ほんとなにいってんだこいつ……」

そうして、またぞろじゃれ合う小町《こまち》と一色《いっしき》を、俺たちは先輩の余裕でもって微笑《ほほえ》ましげに眺める。うん、仲が良くて大変よろしい……。

不意に、雪ノ下《ゆきのした》がちらとそれぞれのカップを見やり、すっと無言で立ち上がる。それに気づいた由比ヶ浜《ゆいがはま》は鞄《かばん》にがさがさ手を伸ばし、追加のお茶請けを皿に開けた。俺は常と同じく読み止しの文庫本の頁を繰る。

「あ、紅茶、小町も手伝います！」

「そう？　では、一緒にやりましょうか」

なんて、そんな会話を傍《かた》え聞きに俺はふと首を巡らせ、部室を眺める。

傾いてきた日差しはその赤みを増して、湯気を色づかせ、ほんのひと時この部屋に温かなひだまりを作っている。

ひょいぱくお菓子を食べる由比ヶ浜、げっそり疲れた表情で机につっぷす一色、事細かに紅茶の淹れ方を指導する雪ノ下、その指導っぷりに若干引き気味な小町。

机には見慣れたティーカップと犬がプリントされたマグカップ。手元には湯呑《の》み、そして、まだ真新しいおそろいのマグカップ。

いつかカップは数を変えて、形を変えて、この部屋の景色さえも変えていく。

半年先なら想像はつくが、一年先はわからない。二年先、三年先、あるいはもっと時間が飛んで十年先ともなれば、俺たちがここにいた痕跡《こんせき》は何一つ残されていないだろう。

けれど――。

と、考えた矢先、ふわとかぐわしい香りが立ち込める。

香りの源泉をちらと見やれば、雪ノ下の監督の下、紅茶を淹れる小町の姿があった。

雪ノ下は腕を組んで、目を細め、小町の一挙手一投足をつぶさに観察している。小町はその視線に若干怯《おび》えながらも楚々《そそ》とした丁寧《ていねい》な手つきでゆっくりと紅茶を注いでいた。

いずれこの光景も失われ、この部屋の何もかもが変わるのだろう。

けれど、それでも、きっと。

きっとこの部屋の紅茶の香りは変わらない。

了

初出一覧

「いつもいつでも比企谷小町はお義姉ちゃんが欲しい。」
「それでも、比企谷小町はお義姉ちゃんを諦めない。」
アニメ『やはり俺の青春ラブコメはまちがっている。』
Blu-ray　BOX　アンコールプレス特典
「そして、祭りは終わり、また新しい祭りが始まる。」
イベント「俺ガイルFes.　FINAL」朗読劇脚本をリライト
「さりげなく、なにげなく、一色いろはは未来を紡ぐ。」
い・ろ・は・す　#だから私はいろはすを選ぶ
コラボレーション　ショートストーリー
「けれど、きっと彼女たちもまちがい続ける。」
書き下ろし

あとがき

こんばんは、渡航《わたりわたる》です。今日も今日とて私は東京神田一ツ橋は神保町、小学館の5階からこのあとがきをお送りしています。

突然ですが、皆さまお気づきでしょうか。

この２０２１年3月で『やはり俺の青春ラブコメはまちがっている。』の第1巻刊行から10年が経過していたことに。

10周年ですよ！　10周年！

せっかくの10周年なので、このあとがきに、ここ10年間の思い出話や四方山《よもやま》話、業界の裏話や告発まがいの暴露話、イキリマウント自分語りなんかをつらつら書こうかなとも思ったのですが、それをやると、一生書き終わらないのでやめておきますね。自分語り、絶対どっかで話がループするからな。けど、困ったな、イキリマウント自分語りを封じられたら、俺にはもう書けることが何もない……。でも、とりあえずなんか書くね。

しかし、10年と言いますとえらく長い時間のように感じますが、必死こいて生きている側からすると、そんな実感はまったくなく、なんなら未《いま》だに20代のつもりでいるイタいおじさん状態なのですが、こちとらめっきりばっちり老いていて、時の流れの無常さを感じます。動悸息切れがやばい。

ほんと気づけば10年経っていたという感じなんですけれども、初っ端から「10年頑張るゾイ」なんつってたら絶対続かなかったと思うんですよね。目の前に、やらねばならぬ仕事があるからそれをやる。それを終わらせると、ちょっと離れたところに次の仕事が置かれているので、てくてく歩いてそこへ行き、また終わらせる。すると、今度はまたちょっと離れたところに、というのを繰り返して、気づけば遠くへ来たもんだという感じでして。

だいたい常に予定とタスクがぱんぱんで、向こう二年くらい、何かしらの仕事があるという状態ですと、今にかかりきりで未来のことを考える余裕もないものです。明日のことより昨日の締め切り、みたいな。過ぎてるんだよなぁ……。

それでも、一仕事終えて、一つの区切り、一つの節目を迎えた時。

ほんの一時、一息つける瞬間に。ふと、未来を思うことがあります。

一年後は、まあ、仕事か。二年後もたぶん仕事。十年後は……、わかんねぇなぁ。なんて苦笑交じりに呟《つぶや》いて、また目の前の仕事に取り掛かるのですけれど。

あるいは彼と彼女と彼女、それから彼女と彼女もそんな感じなのかもしれません。できることなら、この先の彼ら彼女らの姿をどこかで垣間見たくもありますが。一年後、二年後、十年後……、どうなってるんでしょうね？

といった感じで、『やはり俺の青春ラブコメはまちがっている。』14・5巻でした。後日譚的なものを含んだお久しぶりの短編集、いかがでしたでしょうか。

そんな感じの後日譚的なお話は他にもありまして、アンソロジー小説『やはり俺の青春ラブコメはまちがっている。雪乃《ゆきの》side』『やはり俺の青春ラブコメはまちがっている。結衣《ゆい》side』『やはり俺の青春ラブコメはまちがっている。オンパレード』『やはり俺の青春ラブコメはまちがっている。オールスターズ』でも、俺が書いてたりするゾ。絶対読んでくれよな！

また、俺ガイル完結後の完全新作正統続編とかなんとかクソ適当な大法螺《おおぼら》吹いたアフターストリー、『やはり俺の青春ラブコメはまちがっている。‐新‐』というのもございまして、こちらTVアニメ『やはり俺の青春ラブコメはまちがっている。完』のBD&DVDの特典となっておりますので、そちらもぜひぜひよろしくどうぞ！

それからそれから、この14・5巻と同時発売の『やはり俺の青春ラブコメはまちがっている。』ぽんかん⑧ART WORKS、俗に言うぽんかん⑧神の画集！　こちらもぜひ手に入れていただいて、俺ガイル10年の歴史を共に振り返っていただければ！　僕とね、ぽんかん⑧神の対談とかもね、地味に載ってたりするんでね！　よろしくどうぞ！

あとですね、ここだけの話なんですが、『やはり俺の青春ラブコメはまちがっている。結』なる新たなプロジェクトも進行しております。詳細はまだこの世の誰も知らないんですが、ぜひ続報お待ちいただければと思います。早く言いたい、俺ガイル結あるある早く言いたい。

とまれこうまれ、もう少しだけ広がっていく、俺ガイルの世界をあとちょっと今しばらくお付き合いいただければ幸いです。

以下、謝辞。

ぽんかん⑧神。神～！　いつも神じゃん。また今回は画集も同タイミングで大変お疲れさまでした。改めて10年という長い時間の重みと積み重ねを感じました。思い返せば長いお付き合いになりましたが、この先も末永くよろしくお願いします。ありがとうございました。

担当編集星野様。ほら！　やっぱり今回も余裕でしたわ！　ガハハ！　こらもうガハハとしか言いようがありませんな、ガハハ！　次回の予定とかなんもわかりませんけど、次も絶対余裕に決まってますわな！　ガハハ！　お疲れさまです、ありがとうございます。ガハハ！

メディアミックス関連関係各位の皆様。アニメ『俺ガイル完』をはじめ、大変多くの媒体でお世話になりました。10年という長期にわたり、このコンテンツが続いたのも皆様のご尽力のおかげです。本当にありがとうございます。引き続きよろしくお願いいたします。

そして、読者の皆様。またこうして彼ら彼女らの物語が書けるのはたくさんのご声援をいただけたからです。今回に限らず、この10年、皆様の応援に支えられて、どうにかこうにかやってこられました。本当にありがとうございます。どうぞこの先も引き続き応援していただけましたら嬉しいです。君がいるから俺ガイル！

といった感じで、今回はこのあたりで。次も何かの俺ガイルでお会いしましょう！

三月某日　次の10年に向けて、ＭＡＸコーヒーで英気を養いながら

渡《わたり》　航《わたる》

GAGAGA
ガガガ文庫

やはり俺の青春ラブコメはまちがっている。⑭.⑤

渡 航

発行　2021年4月25日　初版第1刷発行

発行人　鳥光 裕

編集人　星野博規

編集　星野博規

発行所　株式会社小学館
〒101-8001 東京都千代田区一ツ橋2-3-1
[編集]03-3230-9343　[販売]03-5281-3556

カバー印刷　株式会社美松堂

印刷・製本　図書印刷株式会社

Printed in Japan　ISBN978-4-09-453004-9